HEYNE BÜCHER

SCIENCE FICTION
Herausgegeben
von Wolfgang Jeschke

Ein Verzeichnis aller STAR TREK-Romane finden Sie am Schluß des Bandes.

V. E. MITCHELL

DIE ATLANTIS STATION

Star Trek®
Starfleet Kadetten
Band 10

Deutsche Erstausgabe

WILHELM HEYNE VERLAG
MÜNCHEN

HEYNE SCIENCE FICTION & FANTASY
Band 06/6510

Titel der Originalausgabe
STAR TREK: THE NEXT GENERATION
STARFLEET ACADEMY # 5
ATLANTIS STATION

Aus dem Amerikanischen übersetzt von
UWE ANTON

Umwelthinweis:
Dieses Buch wurde auf
chlor- und säurefreiem Papier gedruckt.

Redaktion: Rainer Michael Rahn

Erstausgabe bei Pocket Books,
a division of Simon & Schuster, Inc., New York

Printed in Germany 1996
Umschlagbild: Catherine Huerta/Pocket Books
Innenillustrationen: Todd Cameron Hamilton
Umschlaggestaltung: Atelier Ingrid Schütz, München
Technische Betreuung: M. Spinola
Satz: Schaber Satz- und Datentechnik, Wels
Druck und Bindung: Ebner Ulm

ISBN 3-453-09465-4

STARFLEET-Zeittafel

2264 Beginn der Fünfjahresmission der *USS Enterprise NCC-1701* unter Captain Kirk.

2292 Die Allianz zwischen dem Klingonischen Imperium und dem Romulanischen Reich zerbricht.

2293 Colonel Worf, Großvater von Worf Rozhenko, verteidigt Captain Kirk und Doktor McCoy bei ihrem Prozeß wegen Mordes am klingonischen Kanzler Gorkon. Friedenskonferenz zwischen dem Klingonischen Imperium und der Föderation auf Khitomer [Star Trek VI].

2323 Jean-Luc Picard beginnt die vierjährige Ausbildung an der Starfleet-Akademie.

2328	Das Cardassianische Imperium annektiert Bajor.
2341	Data beginnt die Ausbildung an der Starfleet-Akademie.
2342	Beverly Crusher (geb. Howard) beginnt die achtjährige Ausbildung an der Medizinischen Fakultät der Starfleet-Akademie.
2346	Massaker der Romulaner auf dem klingonischen Außenposten Khitomer.
2351	Die Cardassianer erbauen im Orbit um Bajor eine Raumstation, die sie später aufgeben werden.
2353	William T. Riker und Geordi LaForge beginnen die Ausbildung an der Starfleet-Akademie.
2354	Deanna Troi beginnt die Ausbildung an der Starfleet-Akademie.
2356	Tasha Yar beginnt die Ausbildung an der Starfleet-Akademie.

2357	Worf Rozhenko beginnt die Ausbildung an der Starfleet-Akademie.
2363	Captain Jean-Luc Picard tritt das Kommando über die *USS Enterprise, NCC-1701-D* an.
2367	Wesley Crusher beginnt die Ausbildung an der Starfleet-Akademie. Zwischen den Cardassianern und der Föderation wird ein unsicherer Waffenstillstand geschlossen. Angriff der Borg im Sektor Wolf 359; unter den Überlebenden sind Lieutenant Commander Benjamin Sisko, Erster Offizier der *Saratoga,* und sein Sohn Jake. Die *USS Enterprise-D* besiegt das Schiff der Borg im Erdorbit.
2369	Commander Benjamin Sisko tritt das Kommando über Deep Space Nine im Orbit von Bajor an.

Quelle: *Star Trek Chronology* von Michael und Denise Okuda

Für alle Fans von
Star Trek – The Next Generation,
die wissen, daß in Wirklichkeit
Geordi der Held ist

1

Geordi LaForge eilte durch den Gang zum Shuttle-Landefeld der Starfleet-Akademie. Er lief nicht gerade, denn das hätte ihm eine Belehrung durch jeden Ausbilder oder Kadetten im dritten oder vierten Jahr eingebracht, der zufällig vorbeigekommen wäre, und dann wäre er *wirklich* zu spät gekommen – aber er schlenderte auch nicht gerade. Wenn sein Kurs in Warp-Dynamik nicht – *schon wieder* – länger als geplant gedauert hätte, würde er jetzt nicht zu spät kommen. Es sah Lieutenant Muldov – dem Dozenten, der diese Studienexkursion organisierte – ähnlich, das Shuttle auf die Sekunde pünktlich starten zu lassen.

Geordi ächzte leise und schritt noch schneller aus. Er *mußte* an diesem Flug teilnehmen. Als er sich für diese Ausbildung im Gelände eingetragen hatte, waren nur noch drei Plätze frei gewesen. Und heute hatte er in keinem anderen Kurs eine Prüfung abzulegen.

Geordi wußte, er hätte sich eher eintragen sollen. Jeder Kadett, der in Starfleet vorankommen wollte, mußte Lieutenant Muldovs Einführungskurs über planetare Erkundung mit guten Noten abschließen. Geordi hatte sogar flüstern hören, es wäre wichtiger, in diesem Kurs gut abzuschneiden als im legendären *Kobayashi Maru*. Schließlich hatte Starfleet Kadetten, die ihren Test als befehlshabender Offizier nicht bestanden hatten, noch jede Menge Jobs anzubieten, aber wenn man nicht wußte, wie man fremde Umgebungen erkunden mußte, blieb einem keine große Auswahl mehr.

Allerdings war Lieutenant Muldovs Kurs nicht unbedingt der, den Geordi am liebsten besuchte. Vielleicht kam ihm der Unterricht deshalb fast irrelevant vor, weil er die Dinge so anders sah als jeder andere. Geordi konnte sich nicht daran erinnern, wann er sich *nicht* so gefühlt hatte, als würde er eine exotische Welt erkunden. Warp-Dynamik hingegen war so fremdartig, so sehr eine reine Welt des Geistes, daß die meisten seiner Klassenkameraden viel benachteiligter waren als Geordi. Nach dem Kampf, sich die Welt um ihn herum vorzustellen, bevor er sein VISOR bekommen hatte, war es ein faszinierendes Spiel, sich zu vergegenwärtigen, wie der Warpantrieb eines Raumschiffs sich auf das Universum auswirkte.

Die Tür zur Landfläche zischte auf. Geordi suchte die Umgebung mit seinem VISOR ab. Das VISOR, ein visuell-organisches Restitutionsobjekt, glich seine Blindheit aus. Die sensorischen Eingaben entdeckten die verräterischen Wärmequellen, die ihm verrieten, wo seine Studienkollegen waren. Er wand sich zwischen den Shuttles durch, bis er das erreichte, das seiner Gruppe zugeteilt worden war. Es war ein Aquashuttle, kompakter und stromlinienförmiger als das übliche atmosphärische Modell.

»Wird auch Zeit, daß du kommst.« Die offene Feindseligkeit in der leisen, lispelnden Stimme ließ Geordi zusammenzucken. Ven von Almadixaria war ein Andorianer. Er hatte eine blaue Haut und schulterlanges weißes Haar. Kleine, gebogene Fühler auf der Spitze seines Kopfs waren für seinen äußerst empfindlichen Hörsinn verantwortlich. Wie alle Mitglieder seiner Spezies war er hitzköpfig und schnell in seinen Urteilen. Geordi wußte nicht, wie, aber er hatte Ven am ersten Tag des neuen Semesters beleidigt. Ihr Verhältnis war daraufhin ständig schlechter geworden.

»Er kommt zwölf Komma drei Minuten zu spät.« T'Varien, die dunkelhaarige Vulkanierin, ignorierte Geordi geflissentlich. Ihre hochgeschwungenen Brauen senkten sich, als sie sich zu den Kontrollen des Shuttles umdrehte. »Ich werde den Grund für die Abweichung von unserem vorgesehenen Flugplan ins Logbuch des Schiffs eintragen.«

»Es tut mir leid, daß ich mich verspätet habe.« Nach Atem ringend, warf Geordi sich auf den einzigen leeren Sitz. »Jes'NDau hat den Unterricht nicht pünktlich beendet.«

»Die ehrenwerte Jes'NDau beendet ihren Unterricht stets pünktlich. Es ist überaus schändlich, eigene Fehler hinter angeblichem Fehlverhalten eines Lehrers zu verbergen.« Yoshi Nakamura schaute über seine Schulter zu Geordi; sein Gesichtsausdruck war so leer wie der T'Variens. Geordi wußte, daß Yoshi von einer Kolonialwelt stammte, die von traditionalistischen Japanern besiedelt worden war. Er schien entschlossen, seine Studienkollegen dazu zu bringen, sich wie ein Samurai des sechzehnten Jahrhunderts zu benehmen. Noch schlimmer war, daß er einfach nichts glauben wollte, was von seinen eigenen Erfahrungen abwich.

Geordi biß die Zähne zusammen, um sich auf kein Streitgespräch einzulassen, und zog seinen Sicherheitsgurt fest. Wieso hatte er sich nur für den gleichen Einsatz gemeldet wie die drei ihm verhaßtesten Kadetten des Kurses? Er schaute sich um, wer noch in dem Shuttle war.

Amray und Amril Stenarios saßen auf der Rückbank. Beide Mädchen hatten dunkle Augen und dunkle, lockige Haare, die zu Pferdeschwänzen zurückgebunden waren. Ihre identischen, olivfarbenen Gesichter trugen identische Mienen der schon lange eingeübten Geduld. Sie waren Klone, zwei von sechs genetisch identischen Mädchen. Normalerweise hingen sie immer zusammen, und nur selten hatten sie etwas zu sagen. Geordi war nicht der Ansicht, daß sie tatsächlich die Gedanken der jeweils anderen lesen konnten, aber ihre Zusammenarbeit war so hervorragend, daß einige seiner Studienkollegen genau das vermuteten.

Die beiden anderen Kadetten waren Lissa Jordan und Todd Devereau. Geordi kannte keinen von ihnen sehr gut. Lissa war groß und schlank und hatte kurzes, kupferrotes Haar. Ihr breites, bereitwillig aufblitzendes Lächeln rief bei Geordi immer feuchte Handflächen hervor; die bekam er allerdings auch schon, wenn sie ihn nicht anlächelte.

Todd war kleiner als Geordi und hatte blondes Haar und blaue Augen. Am ersten Tag des Semesters hatte er erklärt, daß er der beste Captain von Starfleet werden würde, ein noch besserer als der legendäre James T. Kirk. Die meisten von Geordis Freunden lachten über Todds Behauptung, aber Geordi kannte ihn nicht gut genug, um zu wissen, ob er es schaffen konnte.

Das Shuttle erzitterte, als Ven die Triebwerke hochfuhr. Als der Andorianer die Startfreigabe für das Aquashuttle einholte, schob Geordi sich in eine bequemere Position. Kurz darauf waren sie in der Luft und unterwegs.

Während das Shuttle durch den Himmel raste, holte Geordi seinen Minicomputer hervor und las seinen

Auftrag durch. Die Kursteilnehmer waren in acht Gruppen aufgeteilt worden. Jede Gruppe bekam – wie das Außenteam eines Raumschiffs – eine »Mission«, sobald sie das Gelände der Akademie verließ. Nach dem Einsatz mußte jeder Kadett einen Bericht schreiben, genau wie Starfleet-Offiziere es taten, wenn sie schilderten, was sie auf neuen Planeten gefunden hatten.

Geordi grinste, als er die Worte auf dem Bildschirm las. Sein Team hatte den Auftrag bekommen, die Forschungsstation Atlantis aufsuchen. Vor zweihundert Jahren hatten Vulkaneruptionen mitten im atlantischen Ozean eine neue Insel gebildet. Sie war Isla del Fuego, Feuerinsel, genannt worden. Um die neue Insel und die atlantische Bergkette in ihrer Nähe zu studieren, hatten Wissenschaftler die Atlantis-Station gebaut.

Er las weiter. Das Hauptgebäude, das sich auf der Insel befand, bot fünfzig bis fünfundsiebzig Wissenschaftlern Arbeitsplätze. Diese Spezialisten hatten die Insel und ihren Vulkan, den umgebenden Ozean und den benachbarten Meeresboden erforscht.

Für Geordi war die Untersee-Kuppel der interessanteste Teil der Station. Sie befand sich fast zwei Kilometer unter dem Meeresboden. Die dreißig Menschen, die dort arbeiteten, lebten am seltsamsten und gefährlichsten Ort auf der Erde.

Sie hatten schon über die Hälfte der Strecke zur Station zurückgelegt, als Geordi auffiel, daß Ven noch immer das Shuttle flog. »Wir wollten uns doch als Piloten abwechseln.« In seiner Stimme schwang scharfer Protest mit. Dem Dienstplan zufolge hätte Ven ihm vor fünfzehn Minuten das Kommando über das Shuttle übergeben müssen.

»Ich fliege nur mit qualifizierten Piloten«, sagte Ven

in einem Tonfall, der keinen Zweifel daran ließ, daß er nur sich selbst für qualifiziert hielt. »Der Computer an Bord dieses Shuttles gibt bei deinen Flugprüfungen keine entsprechenden Bewertungen an.«

»Meine Noten sind besser als deine, und das weißt du ganz genau! Ich habe bei der Navigationsprüfung die besten Noten in diesem Jahr bekommen.« Es war *sehr* mühselig gewesen, allmählich zu lernen, die Daten der Flugkontrolle mit seinem VISOR zu interpretieren. Um so gute Noten zu bekommen, hatte er viele zusätzliche Stunden damit verbracht, genügend Praxis als Pilot zu bekommen.

Geordi drückte die geballte Faust gegen sein Bein. Er hatte sich darauf gefreut, ein echtes Shuttle statt der Ausbildungsfahrzeuge der Akademie zu fliegen. Doch er würde nichts damit erreichen, jetzt die Beherrschung zu verlieren, auch wenn Ven es irgendwie gelungen war, seine Flugbewertungen aus dem Computer des Shuttles zu löschen.

»Wir haben vor deiner Ankunft den Dienstplan geändert.« T'Variens Stimme war absolut neutral. »Die Annahme, deine Verspätung würde nicht bestraft werden, ist unlogisch.«

Das ist nicht deine Aufgabe! Geordi riß sich zusammen, bevor er die Worte laut aussprach. Wenn er sich jetzt mit ihnen herumstritt, würden sie ihre Meinung erst recht nicht ändern. Er mußte sich beherrschen und sich beim Rest der Mission auszeichnen.

Er las weiter. Nachdem er Punkte verloren hatte, weil er die ihm zugeteilte Strecke nicht geflogen war, brauchte er bei allen anderen Aufgaben wesentlich höhere Punktzahlen. Er mußte sich durch seine Leistung wieder heraushauen.

2

Ven steuerte das Shuttle noch immer, als sie die Isla del Fuego erreichten. Außer Geordi und den Stenarios-Klonen hatten alle anderen Kadetten sich als Kopiloten abgewechselt. Amril und Amray hatten darauf bestanden, als Team zusammenzuarbeiten, doch Ven hatte sich geweigert, sich als Pilot ablösen zu lassen. Geordi fragte sich, wann der Computer des Shuttles dem Andorianer einen Verweis erteilen würde, weil er sich ständig in die Aufgaben seiner Studienkollegen einmischte.

Trotz Geordis Besorgnis setzte Ven das Shuttle wie ein erfahrener Pilot auf. Die Tür glitt auf und ließ eine warme Brise in die Kabine. Geordi atmete tief ein. Die Luft roch nach Salz, Tang und einem Hauch von Schwefel. Eifrig löste er seinen Sicherheitsgurt und eilte hinaus.

Das Sonnenlicht war so hell, daß es sein VISOR kurz überlastete. Alles war weiß und heiß und zu intensiv, als daß er es einordnen konnte. Das grelle Licht wurde in glühende Nadeln umgesetzt, die in seinen Kopf stachen.

»Bleib doch nicht gerade in der Tür stehen.« Jemand rempelte Geordi von hinten an. Er vermutete, daß es Ven war, doch der Schmerz, den das Licht erzeugte, machte es ihm unmöglich, ganz sicher zu sein. »Wenn du nicht sehen kannst, was du tust, geh wenigstens aus dem Weg.«

Jemand anders rempelte ihn von der anderen Seite an. Geordi stolperte und verlor das Gleichgewicht. Er stürzte auf die Hände und Knie. Der harte Schotter des Landefelds brannte sich in seine Handflächen.

Bevor er reagieren konnte, ergriffen Hände seine Schultern. »Sind Sie in Ordnung?« Die weibliche Stimme war ihm unbekannt.

Geordi bemühte sich, die Orientierung zurückzugewinnen, und richtete sich auf die Knie auf. Er war nicht verletzt – zumindest nicht ernsthaft. Eins seiner Knie schien – sogar durch die Uniform – aufgeschürft zu sein, doch darauf würde er jetzt nicht zu sprechen kommen. Falls das, was sich gerade zugetragen hatte, ein Unfall gewesen war, weil sie alle es zu eilig gehabt hatten, das Shuttle zu verlassen, wollte er nicht noch mehr Aufmerksamkeit auf sich ziehen. Das einzige ernsthafte Problem war das grelle Sonnenlicht. Vorsichtig justierte er die Eingaben des VISORs und verringerte dessen Empfindlichkeit.

Das Landefeld war eine der wenigen ebenen Flächen auf der Insel. Im Norden erhob sich die schwarze Masse des Vulkans. Geordis VISOR verriet ihm, daß der Gipfel wärmer war als der Rest des Berges. Er glaubte, Rauch aus der Vulkanöffnung aufsteigen zu sehen. In der gegenüberliegenden Richtung rollten gischtgekrönte Wellen auf den Strand.

»Sind Sie in Ordnung?« fragte das unbekannte Mädchen erneut.

»Ja, nichts passiert.« Geordi merkte, daß seine Stimme etwas zittrig klang. Zum Glück fiel es niemandem sonst auf. Er erhob sich schnell, bevor jemand sich entschließen konnte, ihm zu helfen.

Die junge Frau trat zurück und musterte die Gruppe.

Sie war ziemlich klein und hatte langes, dunkles Haar. Ihre Haut war stark gebräunt; offenbar hatte sie viel Zeit im grellen Sonnenschein verbracht. Zu Geordis Überraschung trug sie die Uniform eines Starfleet-Kadetten.

»Willkommen auf der Atlantis-Station. Ich bin Ihre Führerin, Leilani Kamehameha. Ich bin Wissenschaftsspezialistin an der Akademie und wurde hierher versetzt, um meine Abschlußarbeit zu schreiben.« Sie setzte sich in Richtung einer Ansammlung niedriger, lohfarbener Gebäude auf der anderen Seite des Landefelds in Bewegung. »Sie können von Glück sprechen, uns ausgerechnet jetzt zu besuchen. Wir haben bei unserer Arbeit einige überaus aufregende Resultate gefunden.«

In der Station selbst war alles kühl und dunkel. Mit einem Seufzer der Erleichterung paßte Geordi die Justierungen seines VISORs erneut an. Trotz der Probleme, die das Gerät ihm manchmal bereitete, war es noch schwieriger, ohne die zahlreichen Informationen zu arbeiten, die es ihm verschaffte. Er hatte sich an das VISOR gewöhnt und brauchte es, um die Welt um ihn herum zu sehen.

Geordi war blind geboren worden, ohne Sehnerven, die Informationen von seinen Augen zu seinem Gehirn trugen. Die Wissenschaftler, die sein VISOR entworfen hatten, hatten ihm die beste Sicht gegeben, die sie erschaffen konnten. Das Gerät tastete das elektromagnetische Spektrum von Infrarot bis Ultraviolett ab und nahm ein viel breiteres Frequenzband wahr, als es einem normalen Menschen möglich war. Das VISOR leitete diese Informationen direkt in Geordis Gehirn weiter. Manchmal bereitete es ihm buchstäblich Kopfschmerzen, die zusätzlichen Informationen verarbeiten zu müssen, doch er vermutete, daß es die Sache wert war. Das VISOR zeigte ihm Teile seiner Welt, die sonst niemand sehen konnte.

Leilani ließ ihnen einen Augenblick Zeit, sich umzuschauen. Sie befanden sich in einer großen Eingangshalle mit einer hohen Decke. Bildschirme und bunte Poster bedeckten jeden freien Zentimeter an den Wänden. In der Mitte des Raums stand ein maßstabsgetreues Modell der Insel.

»Das ist unser Vorführraum«, sagte Leilani. »Das Besucherzentrum der Isla del Fuego wird pro Jahr von über fünfzigtausend Gästen aufgesucht. Natürlich« – sie hielt lächelnd inne – »bekommen die meisten davon nicht das zu sehen, was Sie zu sehen bekommen werden.«

»Wahrscheinlich müssen sie auch keinen Bericht darüber schreiben«, flüsterte Todd Lissa leise zu.

Leilani bedachte Todd mit einem noch strahlenderen Lächeln, und seine Wangen röteten sich vor Verlegenheit. Er hatte nicht beabsichtigt, daß diese Bemerkung außer Lissa noch jemand hörte. »Eigentlich schreiben die meisten Berichte. Viele unserer Besucher sind Studenten auf Studienexkursionen. Isla del Fuego bietet eine einzigartige Gelegenheit, die Entstehung einer Insel zu studieren und zu beobachten, wie sich im Lauf der Zeit pflanzliche und tierische Populationen entwickeln. Studenten der Geologie, Biologie, Botanik, Ökologie und Ozeanographie gewinnen aus der Arbeit, die wir auf Isla del Fuego leisten, wertvolle Einblicke.«

Sie betrachtete die Gruppe. »Hat jemand eine

Frage?« Als sich niemand rührte, fuhr sie fort: »In diesem Fall werde ich Ihnen Ihre Kommunikatoren geben, und wir können mit der Besichtigung beginnen.«

Leilani ging zu einer Konsole neben der Tür. Geordi war der erste in der Reihe. Sie nahm einen Kommunikator aus der Schublade und drückte ihn auf eine Sensorfläche. Nachdem sie dem Computer mitgeteilt hatte, wie lange er auf der Insel bleiben würde, gab sie ihm den Kommunikator.

Während er auf die anderen wartete, betrachtete Geordi das Modell der Insel. Isla del Fuego war ein einziger Vulkan, eine massive Gesteinsmasse, die sich aus dem Meeresboden fast fünf Kilometer unter ihnen hochgeschoben hatte. Die meisten dieser Vulkane erreichten nie Meereshöhe. Von jenen, die an die Oberfläche gelangten, überlebten viele den unermüdlichen Ansturm des Meereswellen nicht. Nach ein paar Jahren waren die neuen Inseln bis unter den Meeresspiegel abgetragen, und man sah sie nie wieder.

Isla del Fuego gehörte zu den Ausnahmen, die zu dauerhaftem Land geworden waren. Die Insel war oval geformt, und der Gipfel des Bergs befand sich im Westen. Das Feld, auf dem sie gelandet waren, stellte das größte Stück ebener Erde auf der Insel dar, und dort war auch der Großteil der Atlantis-Station errichtet worden. Auf dem Rest der Insel befanden sich nur einige wenige Gebäude.

Das Modell war unglaublich. Es zeigte so viele Einzelheiten, daß Geordi den Rest des Tages damit hätte verbringen können, es zu betrachten. Plötzlich kam er sich sehr klein und unwichtig vor. Das Universum hielt so viele Überraschungen bereit und versprach so viele aufregende Abenteuer, daß man Dutzende von Lebens-

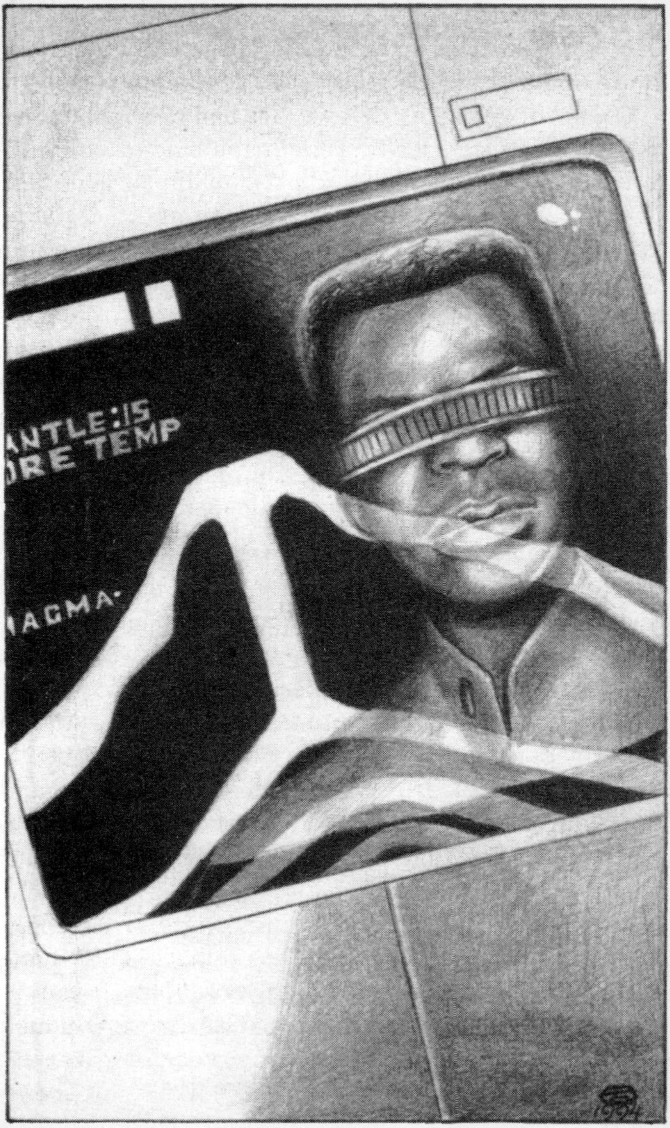

ANTLE:IS
ORE TEMP
AGMA-

spannen brauchte, um alle Möglichkeiten zu erkunden. Wie konnte er auf der Akademie je genug lernen, um Starfleet-Offizier zu werden?

Leilani trat vor das Modell. »Ich möchte Ihnen Isla del Fuego vorstellen, die Feuerinsel. Die meisten von Ihnen haben unsere Computerdarstellungen gesehen. Das ist ein akkurates maßstabsgetreues Modell der Insel, das jeden Lavastrom und jede Öffnung des Vulkans zeigt. Unsere Leute arbeiten sehr hart daran, es immer auf dem neuesten Stand zu halten.«

»Das kann doch nicht allzu schwierig sein. Berge sind keine Städte. Sie werden nicht jede Woche von ihren Bewohnern umgebaut.« Lissas verwirrter Tonfall erinnerte Geordi daran, daß sie von der Holloway-Basis kam. Sie war auf einem atmosphärelosen Mond errichtet worden, und die Landschaft außerhalb der Kuppel der Basis war steril und veränderte sich so gut wie gar nicht.

»Isla del Fuego liegt auf dem aktivsten Teil der mittelatlantischen Bergkette«, erklärte Leilani. »Hier hebt sich der Meeresboden mit einer Geschwindigkeit von zwei bis drei Zentimetern pro Jahr.«

Sie hielt grinsend inne. »Das hört sich nicht nach sehr viel an, aber es reicht. Während der Kamm sich ausdehnt, drängt heißes, flüssiges Gestein tief aus dem Erdinneren nach. Ein Teil dieses Gesteins schob sich hoch und bildete schließlich diese Insel.«

»Das weiß jeder, der einen Grundkurs in Geologie belegt hat.« T'Variens Tonfall deutete an, daß sie diese Information für so grundlegend hielt, daß eigentlich auch jedes Schulkind sie kennen müsse. *Auf Vulkan ist das wahrscheinlich auch der Fall,* dachte Geordi. Seine Schwester Ariana war eine Zeitlang mit einer

Vulkanierin auf die Schule gegangen, und T'Loura war einige Jahre jünger als ihre Klassenkameraden gewesen.

Leilanis Gesicht rötete sich vor Verärgerung, doch ihre Stimme blieb ruhig. »Das stimmt. Doch die Menschen haben oft Schwierigkeiten, das, was sie im Unterricht gelernt haben, in Verbindung mit ihrer Umwelt zu bringen. Bei der Geologie, bei der die Dinge, die wir studieren, so groß sind, ist dies besonders schwierig.«

T'Varien klimperte so schnell mit ihren Lidern, daß die Wimpern abzufallen drohten. »Können wir nicht davon ausgehen, daß wir alle über diese grundlegenden Kenntnisse verfügen, und zu einem interessanten Thema weitergehen?«

Geordi versuchte, sich seinen Geologie-Kurs in Erinnerung zurückzurufen, um eine einigermaßen intelligente Frage stellen zu können. Während er noch nachdachte, bekam er von einer völlig unerwarteten Seite Hilfe.

»Bitte fahren Sie mit Vortrag fort, ehrenwerte Leilani«, sagte Yoshi. »Bescheidene Schüler sollten mehr Geduld zeigen, etwas über die Geschichte der Insel zu erfahren.«

»›*Ehrenwerte* Leilani‹?« flüsterte Todd.

Geordi zuckte mit den Achseln. Yoshis Verhalten war übertrieben, doch er war froh, daß außer ihm niemand Todd gehört hatte. Schließlich fiel ihm eine Frage ein. »Wie oft ist der Vulkan ausgebrochen?«

»Seit Isla del Fuego sich vor zweihundertfünfzehn Jahren aus dem Meer erhob, hat es zehn größere Eruptionen gegeben.« Leilani ließ Geordi ein dankbares Lächeln zukommen. »Zwischen den größeren Eruptionen zeigt der Vulkan gelegentlich Aktivitäten am Gipfel. Sie haben Glück. Gestern sind zwei Lavaströme hervorgetreten.«

»Werden wir sie sehen können?« Vens Tonfall zufolge wollte er wirklich einen Vulkanausbruch erleben. Das überraschte Geordi. Der Andorianer schien sich nicht besonders für die Wissenschaft zu interessieren. Nach allem, was Geordi bislang erlebt hatte, zog Ven es vor, seine Studienkollegen herumzukommandieren. Er sah sich eindeutig als zukünftiger Captain eines Raumschiffs. Doch Geordi hätte nicht unter ihm dienen wollen. Ven war sich seiner eigenen Fähigkeiten zu sicher und zu schnell bereit, andere zu verurteilen.

Leilani nickte Ven bejahend zu. »Wir werden um den Vulkan fliegen und die Feuerfontänen sehen. Vorher werden wir jedoch die Forschungslabors der Station besichtigen. Sie werden bestimmt gern etwas darüber erfahren wollen, wie wir das Innere des Vulkans studieren.«

Mit diesen Worten schritt sie den Gang entlang. Geordi und seine Studienkollegen folgten ihr auf dem Fuße.

Das Labor war der Traum eines jeden Ingenieurs. Die leuchtenden Konsolen, blitzenden Bildschirme und komplizierten Geräte schienen darum zu betteln, daß jemand sie benutzte. Geordi stand auf der Schwelle und bewunderte alles. Er wünschte, er hätte eine Woche Zeit, um zu lernen, wie jedes Gerät funktionierte.

Nicht zum erstenmal stellte sich bei ihm ein klares Bild dessen ein, was er bei Starfleet werden wollte. Wie die meisten Kadetten wurde Geordi von der Vielfalt der Spezialausbildungen überwältigt, die Starfleet anbot. Aber er *wußte*, was er wollte – er wollte derjenige sein, der dafür sorgte, daß alles funktionierte.

Chefingenieur Geordi LaForge. Ja, das klang ausgezeichnet. Eines Tages würde er genau das sein. Doch ihm war klar, daß es bis dahin noch ein weiter Weg war. Im Augenblick war er besser beraten, *diesen* Kurs mit heiler Haut zu überstehen.

»Und dieser Bildschirm verrät uns, was im Inneren des Vulkans geschieht«, sagte Leilani gerade. »Die Farben zeigen die Temperatur des Gesteins unterhalb der Oberfläche.«

Geordi trat näher an den Monitor. Er zeigte einen Querschnitt des Bergs. Ein vertikaler Streifen aus hellem Gelb verlief vom unteren Ende des Bildschirms bis zur Öffnung des Vulkans. Es hätte ein Bild aus einem Geologie-Lehrbuch sein können.

Leilani zeigte auf mehrere Konsolen an der gegenüberliegenden Wand. »Sie werden das alles am besten verstehen lernen, wenn Sie dieses Problem analysieren. Diese Computer empfangen Daten von unseren Sensoren auf dem Berg.

Die nächste Stunde lang werden Sie ein Team von Wissenschaftlern sein, das einen neuentdeckten Planeten erkundet. Sie haben den Auftrag, diesen Vulkan zu studieren und einen Bericht für ihren Captain vorzubereiten. Jeder von Ihnen wird außer dem Bericht, den die Gruppe gemeinsam verfaßt, noch eine eigenständige Analyse vorlegen.« Leilani grinste sie an. »Viel Glück«, sagte sie, als sie den Raum verließ.

3

Es war fast zu schön, um wahr zu sein, dachte Geordi, als er auf seinen Stuhl glitt. Er hatte eine halbe Stunde, um Informationen von den modernsten Sensoren auf der Erde zu sammeln, bevor die Kadetten den Gruppenbericht verfassen würden. Bei so viel Zeit dürfte er keine Probleme haben, einen eigenständigen Bericht zu verfassen, der die Punkte ausgleichen würde, die er zuvor verloren hatte.

Er begann mit den Temperaturwerten. Sensoren meldeten, wie heiß die Felsen waren. Die ersten waren an der Erdoberfläche angebracht, und von dort aus erstreckten sie sich immer tiefer.

Geordi ordnete die Daten in vertikale Abschnitte innerhalb des Vulkans an. Ein jeder zeigte Stellen mit heißerem Gestein an der Oberfläche. Als er die Teilstücke zu einem dreidimensionalen Gitter anordnete, entdeckte er die Säule aus geschmolzenem Fels, die Leilani ihnen gezeigt hatte. Doch auf seinem Bildschirm waren noch weitere Einzelheiten enthalten.

Mehrere Ausläufer aus geschmolzenem Fels stachen von der mittleren Säule in verschiedene Richtungen hervor. Die beiden größten Verzweigungen befanden sich am Gipfel des Bergs. Eine schien sich nach oben zu bewegen, während er sie beobachtete. Geordi drehte das Bild, um herauszufinden, ob er sich die Bewegung nur einbildete.

Er war so beschäftigt, daß er zuerst gar nicht merkte,

daß sein Stuhl zitterte. Als er sich umschaute, stellte er fest, daß die beiden Klone sich an der Kante der Arbeitsfläche festhielten. *Ein Erdbeben?* fragte Geordi sich, als das Zittern aufhörte. Er hatte davon gehört, aber noch nie eins erlebt.

Neugierig geworden, bat er den Computer um Informationen über Erdbeben und Isla del Fuego. Das Gerät bot ihm drei Dateien zur Auswahl. *Zu viele Daten,* dachte er. Mit welchen Informationen konnte er vorhersagen, wie der Vulkan sich verhalten würde?

»Computer«, befahl er, »zeige sämtliche Erdbeben des vergangenen Monats in der Reihenfolge ihrer Stärke.« Ein zartes helles Flickwerk aus Punkten erschien auf dem Bildschirm. Die meisten waren gelb oder weiß, aber einzelne, anders gefärbte Punkte symbolisierten die stärkeren Erdbeben. Geordi konnte kein Muster erkennen.

»Computer, zeige Erdbeben entsprechend der Zeit und des Datums an. Verdichtungsfaktor eins Komma fünf Millionen.« Helle Pixel blinkten in schneller Reihenfolge auf. Die Lichtpunkte schienen völlig zufällig angeordnet zu sein. »Computer, haben die Positionen der Erdbeben sich im Verlauf des letzten Monats verändert?«

»Die Analyse ergibt eine Aufwärtstendenz von 1,735 Prozent. Der Unsicherheitsfaktor beträgt fünf Prozent, und die Korrelationskoeffizienten sind sehr unbeständig.«

Geordi nickte. Es war nicht gerade eine exakte Wissenschaft, im kilometerdicken Felsgestein genaue Positionen anzumessen. »Computer, überlagere die Positionen der Erdbeben mit dem Wärmeverteilungsprofil.«

Auf seinem Monitor formte sich ein Bild. Die Erdbebenkarte umfaßte ein kreisrundes Gebiet von etwa zwei Kilometern unterhalb des Meeresbodens. Geordis Wärmeprofil endete vier Kilometer darüber. »Computer, erweitere Wärmeflußdaten auf zehn Kilometer Tiefe.«

Die Säule in der Mitte dehnte sich nach unten aus. Als sie die Erdbebenzone berührte, dehnte der helle gelbe Streifen sich zu einer großen Blase aus. Die meisten Erdbeben ereigneten sich an deren Rand.

Wie nennt man das noch gleich? versuchte Geordi sich stirnrunzelnd zu erinnern. *Magmakammer?* Ja, so nannten die Geologen dieses Merkmal. Magma war ihr Wort für geschmolzenes Gestein unter der Erdoberfläche. In einer Magmakammer sammelte sich das flüssige Gestein. Bewegungen im geschmolzenen Fels verursachten oft Erdbeben in dem festen Gestein, das die Magmakammer umgab.

Stand der Vulkan auf Isla del Fuego kurz vor einem Ausbruch? fragte Geordi sich. Welche Informationen ermöglichten ihm eine Vorhersage? Der Computer listete magnetische und elektrische Messungen auf, Aufzeichnungen über den Neigungswinkel des Bergs und chemische Analysen der Gase, die von dem Vulkan freigesetzt wurden.

Es waren viel zu viele Informationen, als daß eine Person sie in der zur Verfügung stehenden Zeit analysieren könnte. Geordi mußte unwillkürlich grinsen, als er den Grund dieser Übung begriff. Stand nur begrenzte Zeit zur Verfügung, mußten alle zusammenarbeiten, wollten sie ihren Auftrag erfüllen. Hier taten sie genau das gleiche. Doch bei einer normalen Mission würde jede Person nur einen Aspekt des Problems studieren – der eine beobachtete den Vulkan, der nächste sammelte Pflanzenproben, der dritte sah sich das Meeresleben an. Teamwork würde ihnen mehr Daten verschaffen, als eine einzelne Person sammeln konnte.

»Jetzt ist es an der Zeit, unseren Gruppenbericht vorzubereiten«, erklärte T'Varien. Bei dieser Übung war sie die Chefwissenschaftlerin. Sie trat neben Geordi und betrachtete die Informationen auf seinem Bildschirm. »Du hast sehr viele Daten gesammelt, doch ohne genaue Interpretationen sind sie bedeutungslos.«

Geordi ballte die Hand zur Faust. Wenn er der Kritik widersprach, würde er sich nur Schwierigkeiten einbrocken. »Es sieht so als, als stünde der Vulkan kurz vor der Eruption. Hätte ich mehr Zeit zur Verfügung, könnte ich den genauen Zeitpunkt voraussagen.«

»Leilani hat uns bereits mitgeteilt, daß es auf dem Gipfel Feuerfontänen gibt.« T'Variens Tonfall ließ Geordi sich wie ein Vierjähriger vorkommen, und zwar wie ein nicht sehr kluger. »Warum bist du der Ansicht, deine Daten würden aufzeigen, daß noch mehr geschehen wird?«

Geordi wiederholte im Geiste die Frage. Wieso *war* er der Ansicht, daß der Vulkan ›bald‹ ausbrechen würde? Seine Beweise waren nicht schlüssig, und in geologischen Begriffen konnte ›bald‹ auch fünfzig Jahre oder noch mehr bedeuten. Dennoch war da etwas, das er einfach nicht genau erkennen konnte, nicht mal mit den zusätzlichen Möglichkeiten des VISORS. Ein Beweisstück heischte geradezu um seine Aufmerksamkeit. Als ihm einfiel, wie heiß der Gipfel des Berges ausgesehen hatte, als sie gelandet waren, runzelte er die Stirn. War es das, was ihn störte?

T'Varien ging zu den Stenarios-Klonen weiter. »Ihr habt vergessen zu überprüfen, wie die Temperaturwerte sich mit der Zeit verändern«, sagte sie zu Amray. »Hättet ihr es überprüft, wüßtet ihr, daß diese Ergebnisse wertlos sind.«

»Ich habe diese Informationen auf meinem Bildschirm«, sagte Amril.

»Es war sinnvoller, die graphische Darstellung auf meinem Bildschirm zu generieren ...«, sagte Amray. Ihre olivfarbenen Finger zogen auf dem Monitor die Kurven nach.

»... während wir die Analyse auf meinem Gerät vorgenommen haben«, fuhr Amray fort und beendete damit nahtlos den Satz, den ihre Schwester begonnen hatte. Sie zeigte auf die entsprechenden Darstellungen auf ihrem Schirm.

»Wir stimmen mit Kadett LaForges Auffassung überein ...«

»... daß der Vulkan bald ausbrechen wird.«

»Vielleicht innerhalb der nächsten zwei Wochen.«

»Das ist absoluter Unsinn«, mischte Ven sich in das Gespräch ein. Seine Kopffühler zitterten vor Gereiztheit. »Die Akademie würde uns niemals auf diese Reise schicken, bestünde die geringste Gefahr eines Ausbruchs.«

Geordi suchte stirnrunzelnd nach dem Schwachpunkt in Vens Argumentation. »Warum sollte man uns auf keinen Fall hierherschicken? *Besonders* wenn sie wissen, daß etwas Ungewöhnliches passieren könnte. Ich meine, wenn wir Offiziere sind, müssen wir uns ständig mit dem Unerwarteten befassen.«

»Und natürlich kann man davon ausgehen, daß jemand, der sich nicht mit dem *Erwarteten* befassen und pünktlich zu unserem Shuttle gelangen kann, sich mit dem Unerwarteten befassen kann.« Vens leise, zischende Stimme ließ seine Worte noch bedrohlicher klingen. »Wenn du eine Entschuldigung suchst, zur Akademie zurückzukehren, wird das Hauptshuttle dich bestimmt auf das Festland zurückbringen.«

»Ich habe nicht nach einer Entschuldigung gesucht, die Exkursion abzubrechen.« Dem Ausdruck auf Vens Gesicht nach zu urteilen, glaubte der Andorianer Geordi kein Wort. Um den Streit zu beenden, drehte er sich wieder zu seinem Bildschirm um.

»Alle natürlichen Phänomene zeigen zahlreiche willkürliche Abweichungen. Es ist normal für diesen Vulkan, gelegentlich Werte zu zeigen, die diejenigen ähneln, die die Sensoren melden. Pflichtet jeder dem Inhalt unseres Abschlußberichts bei?« fragte T'Varien. »Und haben alle verstanden, welchen Fehler die … anderen … Mitglieder des Kurses begangen haben, als sie davon ausgingen, hohe Werte würden bedeuten, ein Vulkanausbruch stünde bevor?«

Wer hat dir die Erlaubnis gegeben, uns zu ignorieren? dachte Geordi. Er warf einen Blick zu den Klonen hinüber, doch sowohl Amril als auch Amray sahen auf ihre Bildschirme. Amril trommelte mit den Fingern auf das Kontrollpult, und ihre dunklen Augen waren voller Zweifel. Amray saß so starr wie eine Salzsäule.

Geordi wurde klar, daß Amril darüber nachdachte, ob sie ihren Bericht so abwandeln sollte, daß er mit T'Variens Schlußfolgerungen übereinstimmte. Es würde seltsam aussehen, wenn sie ihren Namen unter den Gruppenbericht setzten, der besagte, daß der Vulkan sich normal verhielt, aber Einzelberichte einreichten, die genau zur entgegengesetzten Schlußfolgerung gelangten. Lieutenant Muldov würde ihre Arbeit bestimmt in Zweifel ziehen.

Geordi griff nach dem Kontrollpult und ließ die Hand dann auf seinen Schoß sinken. »Nein«, flüsterte er. »Ich weiß, daß ich recht habe.« Ein fairer Gruppenbericht sollte die Arbeit eines jeden einzelnen Mitglieds des Teams zum Ausdruck bringen. Er konnte zumindest ehrlich bleiben und den Bericht einreichen, hinter dem er stand.

»Sie hätte unsere Arbeit nicht einfach so abtun sollen«, flüsterte Amril ihm zu. »Dieses Problem ...«

Amray nickte und beendete Amrils Gedankengang. »... hat zu viele Variablen, als daß man sich bei den Antworten absolut sicher sein könnte.«

Geordi grinste ihnen zu; er war für ihre Unterstützung dankbar. Trotzdem war er erleichtert, als Leilani zurückkam. Er gab seinen Bericht in den Hauptcomputer ein und verließ das Labor. Nachdem seine Arbeit zu den Akten genommen worden war, würde er nicht in Versuchung geraten, dem Druck der Gruppe nachzugeben und sie später abzuändern.

4

Draußen wartete ein Airbus auf sie. Auf seiner Seite befand sich ein hellrotes Logo – der Umriß eines Vulkans, der kreisförmig von den Worten ›Isla del Fuego‹ umgeben wurde. Die Kadetten stiegen ein und setzten sich.

Geordi saß vorn, direkt hinter Leilani. Ein Blick auf die Kontrollen verriet ihm, daß der Flug vom Computer gesteuert wurde. Ihre Führerin konnte das Programm anhalten, wenn sie an bestimmten Orten länger verweilen wollten. Darüber hinaus würden sie das zu sehen bekommen, was auch jedem anderen Besucher der Insel vorgeführt wurde.

Enttäuscht legte Geordi den Sicherheitsgurt an. Er wußte nicht genau, was er erwartet hatte, hätte sich aber gewünscht, daß ihr Besuch des Vulkans etwas ganz Besonderes war. Die Erkenntnis, daß sie die übliche Besichtigungstour mitmachen würden, war eine Enttäuschung.

Er schaute aus dem Fenster und paßte sein VISOR der grellen Sonne an. Die klotzigen, winkeligen Enden der Lavaströme nahmen scharfe Kanten und tiefe Schatten an. Auf den sonnenerhellten Oberflächen war es um bis zu fünfzig Grad wärmer als in den tiefen Spalten zwischen den Geröllblöcken.

Leilani tippte auf die Kontrollfläche, und der Bus erwachte erzitternd zum Leben. Er erhob sich in die Luft und umkreiste die Station. Sie wendeten und flogen den Berg hinauf. Leilani deutete auf die zerklüfteten Felsen, die Geordi betrachtet hatte.

»Der grobe, klotzige Fels, den Sie dort sehen, wird *Aa* genannt. Das ist ein hawaiianisches Wort. Es wird mit zwei *a* geschrieben, und man spricht beide aus. *Ah-ah.*« Sie hielt inne und lächelte. »Das ist das einzige, was man sich bei diesem Gestein leicht merken kann.«

»Es sieht genauso aus wie die Felsen zu Hause«, sagte Lissa. »Kann man auf diesen Hügeln kein Felssurfen veranstalten?«

Leilani schüttelte den Kopf. »Die Schwerkraft hier auf der Erde ist über zehnmal so hoch wie auf der Holloway-Basis. Wenn man hier springt, kommt man nicht annähernd so weit.«

T'Varien schaute zu Lissa hinüber. »Die Felsen gewinnen viel schneller an Geschwindigkeit, als du es gewöhnt bist. Wenn du ihnen nicht ausweichst, werden sie dich erschlagen.«

»Das ist ein guter Einwand«, sagte Leilani. »Jedesmal, wenn man eine neue Umgebung betritt, verändern die Dinge sich. Selbst die grundlegendsten Dinge, zum Beispiel, wie hoch man springen kann oder wie schnell ein Stein einen Hügel hinabrollt. Neue Orte sind gefährlich, wenn man davon ausgeht, daß sie wie die Orte sind, die man bereits kennt.«

Geordi schaute zu den rissigen Felsen hinüber und dachte darüber nach, wie wichtig Leilanis Bemerkung war. Wenn man lange genug auf einem Planeten gelebt hatte, dachte man einfach nicht mehr an die Schwerkraft, und daran, wie lang die Tage waren, und wie heiß der Sommer war. Manchmal war es nicht leicht, sich den Veränderungen anzupassen. Beide seiner Eltern waren bei Starfleet, und als Kind war er oft umgezogen. An einige der Orte, wo sie gewohnt hatten, hatte er sich nie gewöhnen können.

Der Airbus stieg immer höher. Die Felsen unter ihnen wurden glatter und wiesen nun eine verdrehte, tauähnliche Oberfläche auf. »Das Gestein, das Sie jetzt sehen, ist *Pahoehoe*-Basalt. Pa-ho-ee-ho-ee« – Leilani sprach das Wort langsam und deutlich aus, damit sie alle es auch verstanden – »ist ebenfalls ein hawaiianisches Wort. Wir Hawaiianer haben Vulkane schon immer mit großem Interesse studiert.«

Einige Kadetten lachten. Lissa schaute verwirrt drein; sie hatte den Scherz nicht verstanden. Geordi kam zum Schluß, daß sie auf der Akademie noch keinen Geologie-Kurs belegt haben konnte. Sein Dozent hatte eine Woche lang über die hawaiianischen Vulkane unterrichtet. Er hatte gehört, daß andere Kurse sogar noch mehr Zeit für das Studium Hawaiis eingeräumt hatten.

Sie flogen weiterhin bergaufwärts. Leilani sprach die meiste Zeit über. Sie zeigte ihnen die verschiedenen Lavaströme, beschrieb jeden einzelnen und erklärte die Umstände der betreffenden Eruption.

Die Bergflanke war schwarz und leer. Aus der Ferne sah das Gestein aus wie schwarzer Sirup, der zu Tälern und Hügeln und Bächen erstarrt war. Die meisten Flächen unter ihnen waren unbewachsen. An einigen Stellen sprossen kleine, dürre Pflanzen aus Rissen im Fels.

»Wir studieren, wie Pflanzen auf dem neuen Gestein wachsen«, sagte Leilani. »Der Wind bläst feinen Staub auf die Insel, und er bleibt am Gestein kleben. Innerhalb von fünfzig Jahren nach dem Ausbruch tauchen schon die ersten Pflanzen auf.«

»Woher kommen die Samen?« fragte Amray. Sie hatte das Gesicht gegen die Scheibe gedrückt.

»Als die Insel entstand, gab es hier keine Pflanzen.« Amril lehnte sich in einer ähnlichen Position gegen das Fenster.

»Die Samen wurden von Vögeln hierher gebracht. Sie nehmen die Beeren als Nahrung auf, können die Samen aber nicht verdauen.« Leilani gab dem Computer einen Befehl, und der Airbus zog einen weiten Bogen. Ein kleines, mit Büschen bewachsenes Tal tauchte unter ihnen auf. Anhand des Umstands, wie das Sonnenlicht von den Blättern reflektiert wurde, identifizierte Geordis VISOR ein Dutzend verschiedener Spezies.

»Selbst jetzt entdecken wir jedes Jahr mindestens eine neue Spezies«, fuhr Leilani fort. »Nachdem die Pflanzen damit begonnen haben, das Gestein aufzubrechen und Mutterboden zu bilden, können andere Arten leichter gedeihen.«

Sie flogen an dem Tal vorbei und wieder den Berg hinauf. Das nächste Tal kam Geordi wärmer vor. Er versuchte, die verschiedenen Temperaturströme mit seinem VISOR zu unterscheiden, doch die Wärme, die von den schwarzen Felsen reflektiert wurde, sah fast genauso aus wie die, die aus dem Erdinneren emporstieg.

Bevor er enträtseln konnte, was was war, befanden sie sich auf dem nächsten Grat und steuerten den Gipfel an. Der letzte Hang war der steilste. Als der Bus die letzten paar Meter emporstieg, wandelte das Jaulen des Motors sich zu einem schrillen Kreischen.

Auf dem Gipfel wurde das Gelände flacher. Der Bus landete in sicherer Entfernung vom Krater. Vor ihnen stieg eine Dampfwolke empor. Der Boden war mit kleinen, rötlichen Felsbrocken bedeckt.

Die Tür öffnete sich und ließ einen Luftschwall ein, der nach faulen Eiern roch. Lissa rümpfte die Nase. »Was stinkt hier so fürchterlich?« fragte sie.

»Das ist Schwefel, der aus dem Vulkan emporsteigt«, sagte T'Varien. Sie ging schnell zur Tür, dicht gefolgt von Ven. Als Geordi ausstieg, schauten die beiden schon über den Rand des Kraters und unterhielten sich darüber, wie man am besten zum Grund des Kraters hinabsteigen konnte.

»Ihr werdet *nicht* dort hinabgehen!« Leilanis Stimme knallte wie eine Peitsche. »*Niemand* steigt ohne die richtige Ausrüstung dort hinab. Und auch dann nur, *nachdem* die Direktorin die Erlaubnis dazu erteilt hat.«

Das Gestein knirschte unter Geordis Stiefeln. Er bückte sich und hob einen Brocken auf. Er war ein paar Zentimeter groß und voller Löcher.

»Wir möchten den Vulkan so genau untersuchen, wie es uns möglich ist.« T'Variens Stimme klang ganz sachlich. »Wir müssen näher heran. Sie verhindern, daß wir unseren Auftrag ausführen können.«

Geordi rollte den Gesteinsbrocken auf seiner Handfläche. Die scharfen Kanten schnitten sich wie Glas in seine Haut. Als er näher hinschaute, sah er, daß es sich *tatsächlich* um Glas handelte. Eine dünne Schicht Eisenoxyd, die wie Rost aussah, bedeckte die unversehrten Oberflächen.

»Nein.« Leilani ließ sich nicht beirren. Sie verhielt sich, als habe sie es täglich mit unvernünftigen Kadetten zu tun. »Jeder, der über diesen Rand tritt, wird unverzüglich von der Starfleet-Akademie verwiesen.«

Geordi ging zum Rand. Er war neugierig, wieso

seine Studienkollegen unbedingt in den Krater hinabsteigen wollten. Weitere Steinchen knirschten unter seinen Stiefeln und zerbröckelten. Als er den Gipfel erreichte, schlug ihm ein Schwall heißer, schwefelhaltiger Luft entgegen.

Zu seinen Füßen fiel der Boden steil ab. Senkrechte Klippen bildeten den Rand des schüsselförmigen Kraters. Drei Feuerfontänen, eine mehr, als man ihnen mitgeteilt hatte, sprudelten an der gegenüberliegenden Wand. Der Boden des Kraters lag fast zweihundert Meter unter ihnen. Erschrocken trat Geordi zurück.

»Wahre Samurai dürfen niemals einen Anflug von Furcht zeigen.« Yoshi trat zum Kraterrand. »Naturgewalten sind nicht so gefährlich wie ein ehrenwerter Gegner im Kampf.«

»Erzähl das den Menschen, die bei Naturkatastrophen ums Leben gekommen sind«, murmelte Geordi. So sehr sie sich auch bemühten, die Wissenschaftler konnten noch immer nicht jedes große Erdbeben, jeden Hurrikan oder jede Überschwemmung vorhersagen. Jahr für Jahr starben Menschen, weil sie die Warnungen ignorierten oder nicht rechtzeitig gewarnt wurden.

Geordi beschloß, auf Nummer Sicher zu gehen. Er konnte von dort aus, wo er stand, genug sehen. Jede Feuerfontäne warf geschmolzenes Gestein – der Fachausdruck lautete Lava, erinnerte er sich – bis fast an den Rand des Kraters hinauf. Die Lavaströme sahen aus wie Wasser, das aus einem Schlauch spritzte. Am Grund einer jeden Fontäne war die Lava hellrot, doch beim Abkühlen wurde sie schwarz.

Die Tropfen des schnell abkühlenden Gesteins knallten und schepperten auf den Boden wie Porzellan, das man fallengelassen hatte. Größere Klumpen noch geschmolzener Lava platschten dumpf, wenn sie zu Boden fielen. Geordi wischte sich Schweiß von der Stirn. Es war kaum zu glauben, daß es auch in dieser beträchtlichen Entfernung von der Eruption noch so heiß war.

»Sie beeinträchtigen mein Recht, meine Religion auszuüben«, erwiderte Ven. Er mußte schreien, um sich über dem Scheppern des Gesteins verständlich zu machen. »Der Brauch der Flammen ist ein Hauptbestandteil aller fünf großen andorianischen Religionen.«

Geordi fragte sich, wie Leilani reagieren würde, und wandte den Blick von den Feuerfontänen ab. Ven und T'Varien hatten sich getrennt und standen nun rechts und links von ihrer Führerin.

»Zuerst einmal werden religiöse Zeremonien auf Isla del Fuego durch die Charta der Forschungsstation eingeschränkt. Sie brauchen eine Erlaubnis der Direktorin.« Leilani verschränkte die Arme vor der Brust und musterte Ven.

Der Andorianer errötete – oder besser gesagt, seine Haut nahm ein dunkleres Blau an. »Ich protestiere energisch. Die Föderations-Charta gibt mir das Recht, meine Religion zu praktizieren.«

»In der Tat.« Leilanis Gesicht entspannte sich zu einem Grinsen, das anzudeuten schien: Jetzt hab ich dich erwischt! »Doch Sie sind auch ein Starfleet-Kadett auf einer Mission der Akademie. Als solcher können Sie von der Akademie verwiesen werden, wenn Sie meine Befehle ignorieren.«

Ein Zittern erschütterte den Berg. Geordi spürte, wie sich unter seinen Füßen der Boden neigte. Felsbrocken lösten sich und stürzten in den Krater. Ihr Scheppern erklang, bis sie ganz unten aufschlugen.

Ein weiteres Beben setzte ein, und Geordi rutschte dem Abhang entgegen. Auf einer Seite bewegte sich etwas. Er schaute in diese Richtung und sah, daß Yoshi über den Rand glitt.

Geordi warf sich auf den Bauch und grub die Zehenspitzen in den lockeren Boden. Er griff nach Yoshi und bekam gerade noch seine Hand zu fassen. Yoshis Körper prallte gegen die Wand des Kraters. Der Aufprall verdrehte Geordis Schulter und zerrte ihn zum Rand.

Yoshi schlug mit dem freien Arm um sich. Sein Körper schwang wie ein Pendel hin und her. Geordi drückte sich fester gegen den Boden, rutschte aber immer tiefer. Seine Hände hingen über leerer Luft, dann auch seine Arme.

Als er wußte, daß er im nächsten Augenblick hinabstürzen würde, spürte er starke Hände an seinem Knöchel. Einen Augenblick später legte sich ein weiteres Händepaar um den anderen Knöchel. Er riskierte einen Blick über die Schulter. Leilani und T'Varien hielten seine Füße. Sie zogen und zerrten ihn Zentimeter um Zentimeter zurück.

Er verstärkte seinen Griff um Yoshi in der Hoffnung, ihn festhalten zu können, bis sie beide in Sicherheit waren. Die harten Kiesel drückten sich gegen ihn und schürften seine Haut auf. Die knallenden Geräusche wurden lauter.

Yoshis Kopf tauchte über dem Rand der Klippe auf. Die Mädchen zerrten an Geordis Beinen, und Yoshi rutschte über die Kante hinauf. Leilani und T'Varien ließen Geordis Knöchel los.

»Lauft!« befahl Leilani. Sie und T'Varien stürmten zum Airbus.

Der Boden bebte stärker. Geordi rollte sich herum und richtete sich auf die Knie auf. Hinter sich hörte er das Knirschen von Steinen, als Yoshi sich ebenfalls aufrappelte. Der Boden schwankte unter ihm.

Geordi machte sich gar nicht erst die Mühe, sich zu erheben. Er stieß sich wie ein Hundertmeterläufer ab, der aus den Startblöcken kam, und rannte zum Airbus. Yoshi war zwei Schritte hinter ihm.

Sie warfen sich durch die Tür. Als Geordi zu seinem Sitzplatz stolperte, befahl Leilani einen Notstart. Der Bus sprang in die Luft und stieß ihn tief in das Polster.

Unter ihnen zerbröckelte die Flanke des Berges und rutschte in den Krater. Selbst durch die Wände des Airbusses war das Knirschen und Scheppern des sich bewegenden Gesteins ohrenbetäubend. Staubwolken nahmen ihnen jede Sicht.

Geordi erzitterte, als er daran dachte, wie knapp sie dem Schicksal entgangen waren, unter dem Felsrutsch begraben zu werden. Der Stille im Bus nach zu urteilen, waren seine Studienkollegen aufgrund des knappen Entkommens ebenfalls erschüttert. Er schnallte sich an. Im Augenblick war er zufrieden damit, sich vom Computer zur Forschungsstation zurückfliegen zu lassen.

Nachdem sie die Station erreicht hatten, führte Leilani Geordi und die anderen Kadetten in die Cafeteria. Erst, als sie etwas zu essen bekommen hatten, fiel ihm auf, daß sie den Raum wieder verlassen hatte.

Geordi knabberte an seinem Sandwich. Er wußte, er mußte etwas essen, aber er hatte keinen Hunger. Das knappe Entkommen hatte ihn stärker erschüttert, als er sich eingestehen wollte. Er betrachtete seine Gefährten und verglich ihr Verhalten damit, was sein VISOR ihm verriet.

Ven war wütend, und Geordi vermutete, daß er sich noch immer darüber erregte, nicht in den Krater hinabsteigen zu dürfen. Die Stenarios-Klone saßen ganz ruhig da; sie hatten sich in ihre eigene Welt zurückgezogen. Geordi bemerkte die verstohlenen Blicke und kleinen Signale, die sie sich zuwarfen, wußte aber nicht, was sie zu bedeuten hatten. T'Varien schien völlig gelassen zu sein, doch das VISOR verriet ihm, daß ihre Körpertemperatur gesunken war, ein sicheres Zeichen von Streß. Yoshi tat ebenso, als wäre nichts geschehen, aber seine Hände zitterten.

Lissa und Todd waren am weitesten vom Krater entfernt gewesen, und Geordi konnte nicht sagen, welche Auswirkungen die Erfahrung auf sie gehabt hatte. Sie unterhielten sich gedämpft, zu leise, als das Geordi etwas verstehen konnte. Achselzuckend wandte er sich wieder seinem Sandwich zu.

Schließlich trat Yoshi vor und verbeugte sich tief vor Geordi. »Ich muß dem ehrenwerten Klassenkameraden Geordi danken, daß er wertloses Leben gerettet hat. Tiefste Dankbarkeit wird bescheiden ausgedrückt.«

»Äh... gern geschehen, Yoshi.« Geordi schluckte. »Aber ich habe dir nicht allein geholfen. Leilani und T'Varien mußten mich hinaufziehen, oder wir wären beide abgestürzt.«

Yoshi drehte sich zu T'Varien um und verbeugte sich erneut. »Tiefste Dankbarkeit gilt auch ehrenwerter Klassenkameradin T'Varien für Hilfe bei Rettung.«

T'Varien zog eine Braue hoch. Einen Augenblick lang befürchtete Geordi, sie würde ihnen einen Vortrag über menschliche Schwächen halten. Statt dessen nickte sie. »Es ist nur logisch, das Leben seiner Studienkollegen zu retten. Starfleet billigt nicht den unnötigen Verlust ausgebildeter Offiziere.«

Plötzlich fühlte Geordi sich viel besser. T'Variens Mangel an Gefühlen hätte bedrückend sein sollen, bewirkte aber das Gegenteil. *Vielleicht liegt es daran, daß du damit gerechnet hast, daß sie so etwas sagen wird,* dachte er. Vielleicht verstehst du sie allmählich.

Aus welchem Grund auch immer – plötzlich hatte er Hunger. Er verschlang sein Sandwich und holte sich ein weiteres. Leilani kam zurück, als er noch ein paar Kekse aß.

Sie zog einen Stuhl zum Ende des Tisches heran und nahm ihnen gegenüber Platz. »Ich habe mit der Direktorin darüber gesprochen, was heute morgen geschehen ist. Sie alle wissen, daß jede Starfleet-Mission eine Reise ins Unbekannte ist. Keiner von uns weiß, wann wir eine Begegnung mit dem Tod haben werden, wie es heute vormittag geschehen ist.«

Leilani hielt inne und wartete ab, bis ihre Worte Wirkung erzielt hatten. Geordi war der Ansicht, daß sie müde aussah, als hätten die Aufregungen des Vormittags ihr stärker zugesetzt als den anderen. »Die Direktorin hat vor ein paar Minuten mit Ihrem Dozenten gesprochen. Lieutenant Muldov besteht darauf, daß Sie Ihre Studien fortsetzen. Er hat gesagt, auf einer echten Mission hätte kein Starfleet-Offizier die Möglichkeit, einfach aufzugeben, wenn es ein wenig gefährlich wird.«

Sie atmete tief ein, als wolle sie sich beruhigen. *Warum ist sie so verkrampft?* fragte Geordi sich. Lieutenant Muldovs Reaktion war genau so ausgefallen, wie er erwartet hatte. Nach einem Augenblick bekam er die Antwort.

»Die Direktorin ist jedoch der Ansicht, daß man Ihnen die Gelegenheit geben soll, diese Mission später zu beenden. Im Prinzip stimmt sie damit überein, daß eine echte Mission fortgesetzt werden müßte. Doch heute morgen haben Sie sich in einer größeren Gefahr befunden, als viele Starfleet-Offiziere sie während einer gesamten Dienstzeit überstehen müssen. Es ist nicht fair, solch ein Erlebnis als routinemäßigen Ausbildungsauftrag anzusehen.«

Todd richtete sich auf seinem Stuhl auf. »Wo liegt das Problem, wenn Lieutenant Muldov der Ansicht ist, wir sollten den Auftrag beenden? Worauf warten wir?«

Leilani musterte sie der Reihe nach, hielt bei jedem einen Augenblick lang inne und nahm sich dann den nächsten vor. Als Geordi an der Reihe war, verweilte sie länger bei ihm und betrachtete sein Gesicht. Er las die Frage von ihren Zügen ab. Wollte er weitermachen? Er dachte kurz nach und nickte dann. »Wir sind nun einmal hier, und es kommt mir einfacher vor, die Mission jetzt zu beenden. Es wird mit Schwierigkeiten verbunden sein, sie später noch einmal aufzugreifen.«

Die anderen nickten zustimmend. T'Varien faßte ihre Gefühle am besten zusammen: »Wenn wir Starfleet-Offiziere werden wollen, müssen wir auch wie Starfleet-Offiziere handeln. Die Annahme ist unlogisch, während der Ausbildung schonender behandelt zu werden, als es später der Fall sein wird, wenn wir Offiziere sind.«

Das bedeutet aber nicht, daß wir nicht nervös sein dürfen, dachte Geordi. Nach diesem Morgen würde er Routineaufträge in einem ganz anderen Licht sehen. Wenn einem Berge unter den Füßen zerbröckelten, konnte man nichts im Universum als gegeben und völlig sicher ansehen.

Als sie fünfzehn Minuten später zum Aquashuttle zurückgingen, dachte er noch immer darüber nach. Aber was konnte jetzt noch schief gehen? Der Blitz schlug niemals zweimal zu, und sie hatten heute morgen schon einen ganz gewaltigen Einschlag erlebt. An diesem Nachmittag würde alles ganz glatt gehen.

5

Es überraschte niemanden, daß Ven wieder auf dem Pilotensitz Platz nahm, als die Kadetten das Aquashuttle bestiegen. Geordi blieb in der Türöffnung stehen und dachte daran, wie dringend er die Punkte benötigte, die man für das Steuern des Fahrzeugs bekam. Ven hatte nicht das Recht, ihn daran zu hindern, diesen Teil seines Auftrags aufzuführen.

Doch nach dem knappen Entkommen an diesem Vormittag würden die anderen Kadetten Ven unterstützen. Geordi wußte, daß er das Shuttle fliegen konnte, doch die anderen würden ihn noch für zu klapprig halten. Es war ratsamer zu warten, bis sie die tiefere Station verließen, bevor er darauf drängte, ebenfalls an die Reihe zu kommen. Nachdem Geordi diese Entscheidung getroffen hatte, ging er nach achtern und wählte den Sitz neben dem hinteren Bullauge. Amril und Amray hatten die Sitze vor ihm genommen, während Todd und Lissa in der Reihe neben ihm auf der anderen Seite des Gangs saßen.

Zu Geordis Überraschung nahm Leilani auf dem Sitz des Kopiloten Platz. T'Varien kam ebenfalls nach achtern und überließ Yoshi die Reihe hinter den Flugoffizieren. Nachdem Geordi T'Variens steife Bewegungen beobachtet hatte, konzentrierte er sich auf seinen Minicomputer. Die Vulkanierin war eindeutig der Ansicht, eine bessere Kopilotin als Leilani zu sein.

»Bereiten Sie sich auf den Start vor«, sagte ihre Führerin. Geordi überprüfte die Schnalle seines Sicherheitsgurts und vergewisserte sich, daß sie strammgezogen war.

Ven verschwendete keine Zeit damit, das Shuttle hochzubringen. Er führte einen Gewaltstart durch, der Geordi tief in den Sitz drückte. Die Nase des Shuttles richtete sich scharf nach oben, und Geordi hatte das Gefühl, als säße er auf dem Hang eines steilen Berges.

Sie erreichten den Scheitelpunkt ihrer Aufstiegskurve. Ven drückte das Shuttle hinab, der Meeresoberfläche entgegen. Bevor der Computer die Kursveränderung ausglich, befanden sie sich einen Augenblick lang im freien Fall. Geordis Magen machte einen Satz, und er mußte sich bemühen, sein Mittagessen bei sich zu behalten.

»*Mußt* du so ein dramatisches Kunststück vorführen?« fragte Lissa. Ihr Gesicht war bleich, und Geordi vermutete, daß ihr Magen sich so ähnlich anfühlte wie der seine.

»Ich habe diesen Kurs als den optimalen für das Eindringen ins Meer berechnet«, sagte Ven, ohne den Blick von den Kontrollen zu wenden. Das Triebwerk des Shuttles winselte auf, als Ven die Geschwindigkeit erhöhte.

Geordi schüttelte den Kopf, verzichtete aber darauf, etwas zu sagen. Er hatte das Problem mehrfach berechnet, und Vens Lösung kam der besten Möglichkeit nicht einmal annähernd nah. Der Andorianer haute auf den Putz, um Leilani zu beeindrucken. Wenn man berücksichtigte, daß der Computer ihre Leistungen bewertete, war dieses Vorgehen überaus töricht. Ein routinemäßiges Eintauchen hätte eine wesentlich höhere Punktzahl eingebracht.

Gischtfontänen wirbelten auf, als die Nase des Shuttles auf das Wasser traf. Der Eintritt verlief glatt. Das Aquashuttle wurde schnell langsamer, während er auf den Unterwasser-Modus umschaltete. Bunte Fische und treibender Seetang zogen blitzschnell am Bullauge vorbei, waren aber fast genauso schnell wieder verschwunden, wie Geordi sie erspähte. Ein Blick durch die Kabine verriet ihm, daß seine Gefährten nicht minder stark von der Unterwasserwelt fasziniert waren, als es bei ihm der Fall war.

Schon nach ein paar Sekunden befanden sie sich unterhalb der photischen Region, der Meeresschicht, die das Sonnenlicht durchdringen konnte. Schwärze, permanente Nacht, umgab das Aquashuttle. Geordi erschauderte. Die Temperatur des Wassers außerhalb des Fahrzeugs lag nur knapp über dem Gefrierpunkt. Je tiefer sie sanken und je näher sie der unteren Station kamen, desto mehr eiskaltes Wasser befand sich über ihnen. Falls irgend etwas schiefging, waren sie weit von einer sicheren Zuflucht entfernt.

Er erschauderte erneut und dachte, wie ähnlich – und gleichzeitig wie fremd – sich die Tiefsee und der Weltraum waren. Beide waren dunkel. Das Weltall erfüllte das Universum mit einer unendlichen Nacht, in der das Licht ferner Sterne funkelte, doch das schwarze Wasser hinter dem Bullauge hätte nicht merkmalloser sein können, hätte er sein VISOR abgenommen.

Beide waren kalt, wenngleich die Leere des Weltalls kälter war. Und keiner der beiden Orte enthielt Luft, die Humanoide atmen konnten. Das Vakuum des Weltraums konnte einer ungeschützten Person genauso schnell den Atem aus den Lungen saugen, wie der zermalmende Druck der Tiefsee das Wasser hineinzwängen konnte.

Er berührte den Beutel an seiner Taille und überzeugte sich, daß sein Atemgerät darin war. Bei einem Notfall würde die Einheit ihn mehrere Stunden lang mit atembarer Luft versorgen. *Hoffentlich sind die Batterien auch aufgeladen,* dachte er. Doch er hoffte, daß er das Gerät nicht brauchen würde.

Ein schwaches grünes Licht flackerte außerhalb des Fensters auf und verschwand dann hinter ihnen. Einen Moment lang dachte Geordi, er hätte es sich nur eingebildet.

»Ein phosphoreszierender Fisch!« Lissa zeigte aus dem Fenster. »Hast du ihn gesehen, Todd?«

Der Junge beugte sich an ihr vorbei und versuchte, aus dem Fenster zu schauen. Die absolute Schwärze war zurückgekehrt. »Er ist weg«, sagte er und rutschte wieder auf seinen Sitz. »Normalerweise kommen die hier gar nicht vor.«

»Diese Spezies bevorzugt keine Habitate, die sich so nah an der Oberfläche befinden«, sagte T'Varien. »Dort gibt es zuviel Konkurrenz um die Nahrung.«

»Ich vermute, du weißt *ganz genau,* was für ein Fisch das war.« Todd funkelte die Vulkanierin an. »Obwohl *du* ihn auch nicht gesehen hast.«

»Meine Datei führt fünfundzwanzig Spezies phosphoreszierender Fische auf, die man gelegentlich in Lebenszonen findet, die der ähneln, die wir gerade durchqueren. Die Wahrscheinlichkeit besagt, daß von diesen fünfundzwanzig …«

»Du willst sagen, du mußt raten.« Todd lachte, ein Geräusch, das sehr wenig Humor enthielt. »Das kann ich auch.«

Blut schoß in T'Variens Gesicht. Geordi vermutete, die anderen konnten nicht feststellen, daß sie Gefühle an den Tag legte, doch sein VISOR zeigte ihm die Wärme, die in ihren Kopf strömte.

»Das bestätigt unsere Theorie.« Amray warf ihrer Klonschwester einen bedeutungsvollen Blick zu.

Amril nickte. »Die bevorstehende Eruption hat die Tiefseeorganismen bewogen, ihre Habitate zu verlassen.«

»Es besteht eine Wahrscheinlichkeit von eins Komma fünf Prozent, daß man Organismen aus einer tieferen Lebenszone zu jeder beliebigen Zeit in flacheren Gewässern findet.« T'Variens Hand verkrampfte sich um ihren Minicomputer.

»Die Lebenszonen in dieser Gegend sind wegen der warmen Oberflächentemperaturen tiefer.« Amray tat so, als hätte sie T'Varien gar nicht gehört, obwohl ihre Worte der Aussage der Vulkanierin widersprachen.

»Diese Spezies Fisch lebt normalerweise unterhalb der Höhe der tieferen Station«, fügte Amril hinzu.

»Würde das Shuttle über die richtigen Sensoren verfügen, könnten wir die Wanderungen verfolgen...« Amray warf einen Blick zum vorderen Teil des Shuttles. Vens Kopffühler waren so weit nach vorn geschwenkt, wie es ihm nur möglich war.

Geordi kam zum Schluß, daß der Andorianer versuchte, das Gespräch zu ignorieren. Er wollte eindeutig nichts davon hören, daß der Vulkan ausbrechen könnte. Da Leilani auch nichts sagte, mußten sie davon ausgehen, daß das Shuttle nicht mit den speziellen Sensoren ausgerüstet war, die man für detaillierte Unterwasserortungen benötigte.

»...und die Bewegungen graphisch darstellen, um

so aufzuzeigen, wann der Vulkan ausbrechen wird«, beendete Amril den Satz ihrer Schwester. In Tonfall und Lautstärke war zwischen den beiden kein Unterschied auszumachen.

T'Varien drehte sich zu den Klonen um. Ihr Gesicht war eine perfekte Maske. »Ihr habt nicht genügend Informationen, die eure Schlußfolgerung unterstützen. Es ist unlogisch, daß ihr diese Tatsache weiterhin ignoriert.«

Amril und Amray sahen einander an und begannen dann zu kichern. Amray versuchte etwas zu sagen, und beide Mädchen lachten noch lauter. Schließlich flossen Tränen ihre Wangen hinab. »Un ...«, sagte Amray und mußte schon wieder kichern und nach Luft schnappen.

»... logisch.« Amril legte die Arme vor den Bauch. Beide Mädchen johlten noch lauter.

»Ich verstehe nicht, was daran lustig sein soll.« T'Varien schaute von Amril zu Amray. Sie hatte eine Braue so hoch gezogen, daß sie unter ihrer Ponyfrisur verschwand.

Das Kichern erstarb und wurde von Amrils und Amrays Ringen nach Atem ersetzt. Schließlich konnten beide wieder sprechen.

Amray fuhr sich mit der Hand durch den dunklen Pferdeschwanz. »Die Annahme, daß der Vulkan ausbrechen wird, ist unlogisch ...«

»... weil du unserer Analyse nicht zustimmst. Aber aufgrund derselben Argumentation ist es ...«

»... für uns genauso unlogisch, einer Analyse zu vertrauen ...«

»... der wir beide nicht zustimmen.«

»Meine Analyse basiert allein auf Logik.« T'Variens

Gesicht war noch immer eine starre Maske. »Jeder der Faktoren, die benutzt werden, um Eruptionen vorherzusagen, liegt innerhalb des normalen Bereichs. Wenn der Vulkan sich normal verhält, wird er nicht ausbrechen.«

Geordi runzelte die Stirn und versuchte, die Schwäche in T'Variens Argumentation zu finden. Vulkane entstanden durch Ausbrüche. Das hieß also, Ausbrüche waren genauso »normal« wie die Ruheperioden zwischen ihnen.

Amril schüttelte ungeduldig den Kopf. »Wir stimmen dir zu, daß alle einzelnen Werte im Normbereich liegen ...«

»... was die Perioden zwischen den Ausbrüchen betrifft. Doch *jedes* Meßergebnis eines *jeden* Instruments liegt am *hohen* Ende des Normbereichs. Alles deutet darauf hin ...«

Die beiden Mädchen sahen sich an und vollendeten den Satz im Einklang. »... daß der Vulkan sich auf einen *großen* Ausbruch vorbereitet.«

T'Varien zog eine Braue hoch. »Eure Schlußfolgerung ist völlig unlogisch. Die Summe kann nicht größer sein als die einzelnen Zahlen, die zusammengezählt werden, um sie zu erhalten.«

Geordi rief seinen Bericht auf. Als er seine Daten mit den historischen Aufzeichnungen verglich, stellte er überrascht fest, daß T'Varien recht hatte. Jede der aktuellen Messungen entsprach einer ähnlichen Messung, die vorgenommen worden war, als der Vulkan *nicht* explodiert war.

Da er bis zum Eintreffen in der unteren Station nichts anderes zu tun hatte, begann Geordi mit einem Vergleich der Daten. Er vertiefte sich so sehr in diese

Aufgabe, daß er alles um sich vergaß und nur noch auf seinen Minicomputer achtete. Die Gespräche seiner Studienkollegen und das Surren des Antriebs verblichen im Hintergrund.

Nach zehn Minuten war er überzeugter denn ja, daß eine Eruption bevorstand. Um einen Beweis zu erbringen, mußte er jede Datei im Computer überprüfen. Doch das Muster, das er gefunden hatte, war eindeutig. Wenn nur eine Art von Sensormessung hohe Werte anzeigte, passiert nichts. Wenn *alle* Werte hoch waren, brach der Vulkan aus.

Ihm wurde klar, daß die Frage nicht lauten mußte, *ob* der Vulkan ausbrechen würde, sondern *wann*.

Er lehnte sich in seinem Sitz zurück und dachte nach. Er war lediglich ein Kadett im ersten Jahr und hatte sich nicht mal auf wissenschaftliche Fächer spezialisiert. Auf Isla del Fuego arbeiteten fünfundsiebzig erfahrene Wissenschaftler. Die meisten von ihnen wußten mehr über den Vulkan als er. Wenn das Muster, das er gefunden hatte, zutreffend war, müßten sie es auch bemerkt haben.

War das Muster zutreffend? *Ja,* dachte Geordi. Er war überzeugt, daß der Vulkan bald ausbrechen würde. Doch in geologischen Begriffen war ›bald‹ ein kompliziertes Wort. Bei einem Planeten wurde die Zeit in Tausenden oder Millionen von Jahren gemessen. ›Bald‹ konnte fünf Minuten bedeuten – oder fünf Jahrzehnte.

»Leilani, wissen die Geologen, wann der Vulkan ausbrechen wird?« fragte er.

Sie schaute ihn über die Schulter an. »Das ist eins der großen Forschungsthemen hier. Isla del Fuego ist nicht so vorhersagbar wie zum Beispiel die Vulkane auf

Hawaii. Unsere Geologen sind der Ansicht, daß ihre Modelle bis auf einen Tag genau sind, aber wir haben seit zwanzig Jahren keinen Ausbruch mehr gehabt. Es ist nicht leicht, ihre Vorhersagen ohne Daten zu überprüfen.«

»Danke.« Plötzlich fühlte Geordi sich viel besser. Selbst wenn der Vulkan ausbrechen würde, mußte er sich keine Sorgen darüber machen, daß ihre Studienexkursion davon gestört werden konnte. Die Experten hatten den Vulkan jahrelang studiert. Wären sie der Meinung gewesen, an diesem Nachmittag würde etwas geschehen, hätten sie die Kadetten zur Akademie zurückgeschickt.

Trotzdem war Geordi froh, als er den ersten weichen Schein der Leuchtfeuer der unteren Station sah. Solange er hier herumsaß, dachte er zuviel nach – und machte sich zu viele Sorgen. Die untere Station war ein hervorragendes Beispiel für das Ingenieurwesen der Föderation. Er konnte es nicht abwarten, sie zu erkunden.

6

Der Glanz der Positionslichter wurde heller. Leilani drehte sich zu Ven um. »Ich übernehme.«

»Ich habe das Kommando über dieses Fahrzeug«, erwiderte der Andorianer. »Ich weigere mich, unser Leben durch eine unqualifizierte Person in Gefahr bringen zu lassen.«

»Genau.« Leilani bedachte ihn mit einem verkniffenen Lächeln. »Sie haben noch nie ein Shuttle unter Wasser angedockt. Nicht mal im Simulator.«

Geordi grinste. Schön, daß jemand Ven mal in die Schranken wies. Das Andocken unter Wasser war nicht so einfach, wie man glauben mochte. Er hatte es im Simulator geübt, es aber öfter nicht geschafft, als daß es ihm gelungen war. Zum Glück hatte Leilani Vens Unterlagen überprüft.

Ven drehte sich in der Hoffnung auf Hilfe zu seinen Studienkollegen um. Geordi schaute schnell aus dem Fenster. Er wollte nicht, daß ein unerfahrener Pilot das Aquashuttle andockte. Auch sonst trat niemand für Ven ein.

Als dem Andorianer klar wurde, daß er keine Unterstützung bekam, schaltete er die Kontrollen auf Bereitschaft um und übernahm die Pflichten des Kopiloten. Leilani aktivierte ihre Kontrollen. »Kadett Ven, halten Sie mich über die Entfernung zur Station auf dem laufenden.«

»Zweihundert Meter«, las Ven vom Bildschirm ab.

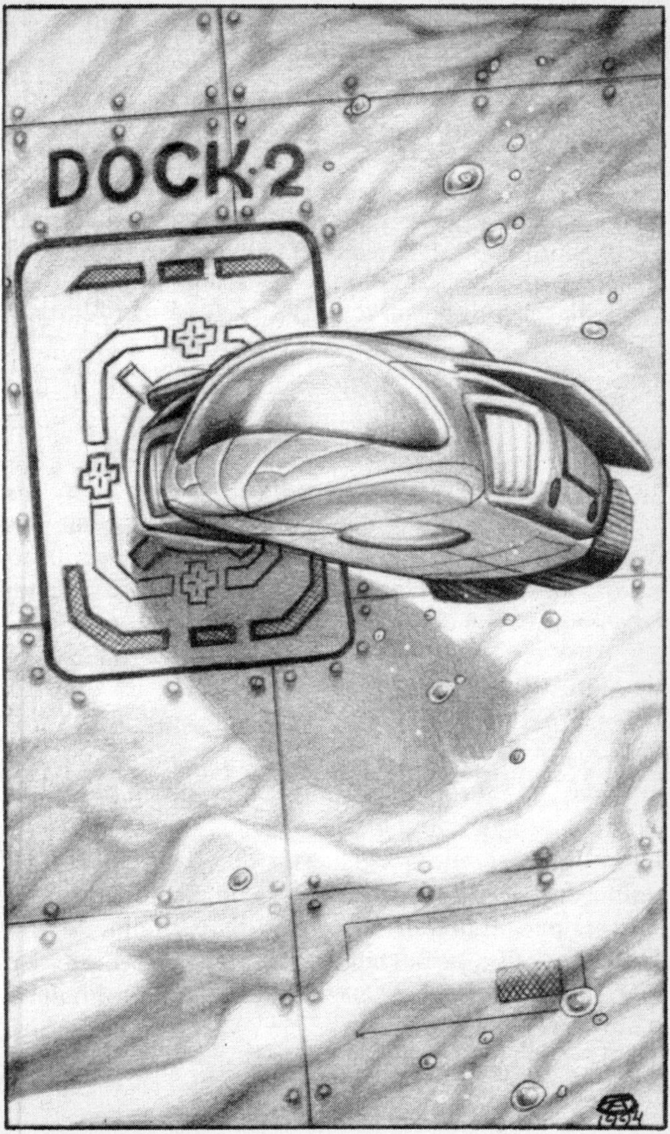
DOCK 2

»Einhundertfünfzig Meter, einhundertfünfundzwanzig, einhundert.«

Leilani reduzierte die Energiezufuhr des Triebwerks. Die Reibung durch das Wasser bremste das Shuttle schneller ab, als Geordi es sich vorgestellt hatte. Das Steuern unter Wasser war in der Tat komplizierter als das Fliegen in der Luft oder im All. Nun wurde Geordi klar, warum ihm die Flugstunden im Unterwasser-Simulator immer so schwierig vorgekommen waren.

Ven las weiterhin die Entfernungsangaben ab, damit Leilani sich darauf konzentrieren konnte, die unvorhersehbaren Gegenströmungen in der Nähe der Station auszugleichen. Allerdings hätte auch der Computer die Entfernung bekanntgeben können. Doch wenn Ven die Zahlen laut vorlas, wurde ihm vielleicht klar, daß die Annäherung unter Wasser nicht so einfach war, wie er angenommen hatte.

Das Shuttle trieb an der Station entlang. Die rechteckige Luftschleuse, die von hellen Positionslampen umgeben war, stach aus der glatten Oberfläche der Kuppel hervor. Leilani betätigte die Backbord-Manöverdüsen. Das Shuttle glitt zur Seite und prallte mit gerade genug Kraft gegen die magnetischen Zangen, daß die Klammern und Dichtungen der Luftschleuse greifen konnten.

Ein dumpfes, mechanisches Pochen ließ das Shuttle erzittern, gefolgt vom Spritzen und Schwappen des Wassers außerhalb der Tür. Geordi lauschte fasziniert.

»Dauert es immer so lange?« Lissas Sommersprossen traten auf ihrer bleichen Haut hervor. Sie fuhr mit einer Hand durch ihren kupferfarbenen Haarschopf. Geordi konnte nicht sagen, ob sie die Frage aus Ungeduld oder Nervosität gestellt hatte.

»Dieser Pumpentyp entfernt das Wasser aus der Luftschleuse und paßt gleichzeitig den Luftdruck im Shuttle dem der Station an. Bald wird es in unseren Ohren… ich glaube, der Ausdruck dafür lautet ›knacken‹.« T'Variens Stimme klang gezwungen. Gewissermaßen verstand Geordi ihre Reaktion. Vulkan war ein Wüstenplanet und hatte keine Tiefsee-Forschungsstationen wie Atlantis.

Geordi berührte erneut sein Atemgerät, um sich daran zu erinnern, *daß* sie im Notfall eine Überlebenschance hatten. Dabei fragte er sich, wieso ihm so unbehaglich zumute war. Er hatte den größten Teil seines Lebens auf Starfleet-Schiffen oder Raumstationen verbracht, auf die seine Eltern versetzt worden waren. Wenn im Weltraum etwas schiefging, war Rettung viel weiter entfernt als hier.

Außerdem, sagte er sich, *kann einfach nichts schiefgehen.* Die untere Kuppel der Atlantis-Station war eigens dazu konstruiert worden, in dieser Umgebung zu bestehen. Sie waren hier genauso sicher wie auf der Insel hoch über ihnen.

Endlich hatten die Pumpen die Luftschleuse geleert. Gleichzeitig knackte es in Geordis Ohren. Neben ihm schluckten die anderen Kadetten, um den Druck in ihren Ohren anzupassen. Die Shuttletür glitt auf und ließ einen Schwall feuchter, kalter Luft ein. Sie roch nach Jod und versengtem Schmiermittel. Hinzu kam der schale, leicht metallische Geruch von Luft, die zu lange in einem Behälter gelagert worden war.

Die Innentür glitt auf und gewährte ihnen Zutritt zur Station. Der schmale Korridor führte in beide Richtungen. Hier roch die Luft schon viel besser, dachte

Geordi, wenngleich sie ihm noch immer etwas schal und metallisch vorkam.

»Willkommen in Neptuns Spind. So nennen die Leute, die hier arbeiten, diese Unterseekuppel.« Leilanis Stimme war fast eine Oktave höher als zuvor.

Lissa mußte angesichts der Veränderung von Leilanis Stimme kichern. Das Geräusch war sehr hoch, wie die Stimmen in einigen alten Zeichentrickfilmen, die Geordi mal gesehen hatte. Nachdem Lissa einmal damit angefangen hatte, konnte sie nicht mehr aufhören. Das Gelächter war ansteckend, und alle bis auf T'Varien fielen ein.

»Ich verstehe nicht, was daran so lustig sein soll.« T'Variens Gesichtsausdruck war leicht beunruhigt. »In dieser Tiefe muß die Station eine Helium-Sauerstoff-Atmosphäre benutzen. Damit wird verhindert, daß die Bewohner durch Stickstoff im Blutkreislauf vergiftet werden.«

Geordi bemühte sich, mit dem Lachen aufzuhören und es ihr zu erklären. »Alle klingen so anders.« Er fing wieder an zu kichern. Er hatte zwar darüber gelesen, wie Helium eine Stimme veränderte, doch es war etwas völlig anderes, sich selbst plötzlich im Sopran sprechen zu hören. Er hatte mit der Veränderung gerechnet, mußte aber trotzdem überrascht feststellen, wie lächerlich er klang.

»Schon in Ordnung«, sagte Leilani. »Beim erstenmal reagieren alle gleich. Als wir mit dem Shuttle hinabgestiegen sind, haben wir den Druck und die Atmosphäre der Oberfläche beibehalten. Sie müssen sich wegen der ›Verzückung der Tiefe‹ keine Sorgen machen.«

T'Varien konzentrierte sich so stark, daß ihre Brauen

sich zusammenzogen. »Was ist mit dem Stickstoff, den wir atmen?«

Leilanis Lächeln bewies, daß sie mit dieser Frage gerechnet hatte. »Deshalb haben wir den Druck im Shuttle ja auf Oberflächenbedingungen gehalten. Studien belegen, daß aufgrund des höheren Luftdrucks hier in der Station der Stickstoff innerhalb weniger Minuten aus ihrem Blutkreislauf gelangen wird.

Die Rückkehr an die Oberfläche wird etwa viermal solange dauern wie der Abstieg. Auf diese Weise haben wir Gelegenheit, den Druck in der Kabine des Shuttles allmählich zu reduzieren. Wir werden beim

Aufstieg auch langsam die Luftmischung verändern, bis sie wieder der an der Oberfläche entspricht.«

T'Varien schüttelte den Kopf. »Ich verstehe trotzdem nicht, weshalb alle lachen. Es ist nicht logisch.«

Sie versteht unseren Humor wirklich nicht, dachte Geordi. Es war nicht leicht, sich vorzustellen, wie anders Vulkanier dachten. Er versuchte, sein Gelächter zu beherrschen. »Genau deshalb finden wir es ja komisch. Weil es *nicht* logisch ist.«

Sie schüttelte den Kopf und versuchte angestrengt dahinterzukommen. Geordi überlegte, ob er ihr auf bessere Art und Weise begreiflich machen konnten, warum sie lachten. Es war nicht einfach. Wenn man einen Witz erklären mußte, war er nicht mehr so lustig, als hörte man ihn gerade zum erstenmal.

Leilani warf einen Blick auf ihren Minicomputer. »Wir haben heute nachmittag noch sehr viel vor. Wenn Sie einverstanden sind, fangen wir sofort an.«

Sie ging den Korridor entlang. Geordi folgte ihr, und die anderen Kadetten schlossen zu ihm auf. Er konnte nicht abwarten, endlich zu erfahren, wie ihr nächstes Projekt aussehen würde.

Leilani führte sie den Gang entlang. Er verlief am äußeren Rand der Station und krümmte sich vor und hinter ihnen. Dicke Bullaugen, die so dunkel wie das Meer hinter ihnen waren, boten einen Blick nach außen. Auf der anderen Seite führten automatische Türen in das Innere der Station.

Die Innenwände des Gangs bestanden aus flachen Aquarien. Jeder Abschnitt war mit Wasser, Algen und Tang gefüllt. Die Pflanzen trugen dazu bei, die Luft der Station frisch und atembar zu halten. Geordi hatte gelesen, daß die Station mit so viel Natur wie möglich arbeitete.

Schwere Druckschotte teilten die Station in Sektoren ein. Als sie durch den dritten gingen, blieb Geordi kurz stehen und sah sich um. Überall in der Station befanden sich Sensoren, die plötzliche Veränderungen des Luftdrucks feststellen oder Wasser in den Gängen melden würden. Bei einem Hüllenbruch riegelten die Türen den betreffenden Sektor automatisch ab. Mit Hilfe von Kontrollflächen neben den Türen konnte man die automatischen Systeme außer Kraft setzen. Auf diese Weise wurde es Mechanikern ermöglicht, zur beschädigten Hülle zu gelangen.

Nachdem sie die Station zur Hälfte durchquert hatten, blieb Leilani stehen. Dunkelblaue Buchstaben auf einer Tür verkündeten: WISSENSCHAFTLICHE ABTEILUNG, FORSCHUNG I. Leilani legte die Hand auf die Kontrollfläche der Tür.

»Warum öffnen die Türen sich nicht einfach, wenn man sich ihnen nähert?« fragte Lissa. Als sie an der Kontrollfläche vorbeiging, bedachte sie sie mit einem argwöhnischen Blick. »Man kommt sich ja fast wie eine Verbrecherin vor. Wir sollten nicht darum *bitten* müssen, öffentlich zugängliche Bereiche betreten zu dürfen.«

Bevor Geordi etwas sagen konnte, ergriff Yoshi das Wort. »Die Unterwasserstation hat viele Türen, ehrenwerte Lissa. Die Station hält Türen aus Sicherheitsgründen geschlossen. Wenn die Hülle bricht, kommt das Wasser nicht an geschlossener Tür vorbei.«

»Vielen Dank, Yoshi.« Todd klang nervös.

Geordi dachte darüber nach, während sie Leilani tiefer in die Station folgten. Starfleet-Kadetten waren die besten und stärksten jungen Menschen in der Föderation. Trotzdem war er nervös, was diese Mission und diesen gefährlichen Ort betraf. Seinen Studienkollegen schien es nicht besser zu ergehen.

Gab es einen Grund, daß sie so nervös waren? Spürten sie alle eine bevorstehende Katastrophe? Geordi schnaubte angesichts seiner Dummheit. Es war nicht unmöglich, daß sich bei ihnen allen dieselbe intuitive Ahnung eingestellt hatte, aber doch sehr, sehr unwahrscheinlich.

Damit blieb nur eine Erklärung übrig. Lieutenant Muldov hatte ihre psychologischen Profile analysiert. Als er ihnen diese Mission zugeteilt hatte, hatte er sich für einen Einsatz entschieden, der ihre verborgenen Ängste ansprach.

Das kam Geordi nur logisch vor. Der Dienst bei Starfleet bedeutete, daß man sich mit dem Unbekannten befassen mußte. Wenn man seine Furcht nicht vernünftig umsetzen konnte, würde man einen Einsatz in einem Außenteam niemals überleben. Angemessener Respekt und eine gesunde Dosis Furcht sorgten dafür, daß man auf einer unerforschten Welt wachsam blieb.

Nachdem Geordi auf diese Erklärung gekommen war, fühlte er sich schon besser. Er war es gewohnt, sich mit fremden Welten zu befassen. Seine Blindheit – und später das VISOR – zeigten ihm eine ganz andere Welt als die, die seine Mitmenschen sahen. Seine Studienkollegen mußten sich auf dieser Mission zum erstenmal mit diesen seltsamen Begebenheiten befassen. Es hatte den Anschein, daß die meisten von ihnen die Erfahrung ein wenig beunruhigend fanden.

Niemand wußte schon von Geburt an, wie man

fremde Umgebungen handhaben mußte. Selbst Starfleet-Kadetten mußten lernen, mit seltsamen – und möglicherweise feindlichen – Situationen fertig zu werden. Es war viel besser für sie, diese Lektion jetzt zu lernen, als ihr später während eines Außeneinsatzes gegenübertreten zu müssen, bei dem ihr Verhalten vielleicht über Leben oder Tod entschied.

Geordi schüttelte den Kopf. Wie viele Lektionen innerhalb der Lektionen hatte Lieutenant Muldov in diese Mission gepackt? Auf jeden Fall würden nicht nur die Berichte, die sie schreiben mußten, über ihre endgültige Benotung entscheiden.

Als die Gruppe stehenblieb, wäre Geordi fast gegen Yoshi geprallt. Erschrocken trat er zurück und prallte gegen Ven.

»Paß doch auf, wohin du läufst!« Ven reagierte auf den unerwarteten Zusammenstoß, indem er Geordi fortstieß. Für ein Wesen mit so zartem Körperbau war der Andorianer überraschend kräftig.

Geordi stolperte gegen den Türrahmen. Irgendwie stieß er mit dem VISOR an eine hervorstehende Kante und riß es los. Er griff danach und schob es zitternd wieder zurück. Ein paar Sekunden lang konnte er den eingehenden visuellen Impulsen nicht den geringsten Sinn entnehmen.

Er lehnte sich gegen die Wand und wartete darauf, daß seine Sicht sich wieder normalisierte. Er hörte, daß die Tür geöffnet wurde und seine Studienkollegen an ihm vorbei in das Labor strömten.

»Sind Sie in Ordnung?« Leilani legte die Hand auf seine Schulter.

Ein Teil der Anspannung wich aus Geordi. Er nickte. »Mein VISOR dürfte eigentlich nicht so locker sitzen.

Aber manchmal …« Er zuckte mit den Achseln. »Es ist wohl nichts perfekt.«

Leilani ließ die Hand über den Türrahmen gleiten. »Hier ist eine kleine Delle, genau auf der Höhe Ihres VISORS.«

»Das nenne ich Pech.« Er drückte das VISOR gegen die Kontaktpunkte. »Es scheint ein wenig locker zu sein. Ob der Druck oder die Atmosphäre es beeinträchtigt?«

»Das wäre möglich. Manchmal haben wir Probleme mit unseren Geräten, wenn sie frisch von der Oberfläche kommen.«

Geordi überprüfte das VISOR erneut. »Jetzt funktioniert es.« *Ich muß den Rest des Tages über nur vermeiden, gegen Wände zu laufen,* dachte er.

»Dann können wir ja zu den anderen gehen.« Leilani grinste ihn an. »Was jetzt kommt, wird Ihnen gefallen.«

Der Raum war klein, gerade groß genug, um die gesamte Gruppe aufzunehmen. Arbeitsflächen beanspruchten drei der vier Wände. Zu jedem Arbeitsplatz gehörten ein Helm, Kontrollhandschuhe, Monitormeßgeräte und ein Bildschirm an der Wand.

Eine kleine, dunkelhaarige Frau sprach über ihren Kommunikator mit jemandem, als Geordi eintrat. Sie stand mit dem Rücken zur Tür. »Genau. Wir haben gerade eine Gruppe Studenten hier. Sie werden Einheit Fünf in der nächsten halben Stunde mit Beschlag belegen.«

»Verstanden«, antwortete eine Stimme von der Decke. »Wir planen die Fernsteuerungen also für den Spätnachmittag. Brooks Ende.«

Die Frau drehte sich langsam um. Sie trug einen grauen Arbeitsanzug und eine Weste aus Metallmaschen, die hell funkelte, wenn sie sich bewegte. Obwohl sie noch jung zu sein schien, hatte Geordi das Gefühl, daß sie schon seit langem hier arbeitete.

»Willkommen«, sagte sie lächelnd. »Ich freue mich immer, die jüngste Gruppe der Starfleet-Kadetten zu sehen.«

Leilani trat nach vorn. »Das ist Dr. Cris Hall. Sie ist die Direktorin der Abteilung Telepräsenz-Studien …«

»Bitte nicht so formell. Einfach Cris.« Dr. Hall lächelte erneut und beendete die Vorstellung mit einer Handbewegung. Geordi fragte sich, ob dieses Schauspiel jeder Gruppe geboten wurde, die das Labor besuchte. »Außerdem probieren wir hier nur ein paar Spielzeuge aus.«

Leilani erwiderte das Lächeln. »Das mag schon sein, aber diese ›Spielzeuge‹ sind die modernsten Forschungshilfsmittel der Föderation. Sie ermöglichen uns, Umgebungen zu studieren, in die man unmöglich einen Menschen schicken kann.«

Cris lachte. »Sie nehmen meinen Vortrag vorweg. Aber wenn ihr Kadetten heute sonst nichts lernt – dies hier solltet ihr nicht vergessen. Suchen Sie sich einen anderen Beruf, wenn Ihr Leben Ihnen nicht wie ein Spiel vorkommt. Das Leben ist zu kurz, um jahrelang etwas zu tun, woran man keinen Spaß hat.«

Sie musterte die Kadetten der Reihe nach. Auf den Plättchen ihrer Weste funkelte Licht. Das erinnerte Geordi an etwas – an etwas sehr Vertrautes. Er runzelte die Stirn. Woran erinnerte diese Weste ihn?

Cris lächelte erneut. »Ende des Vortrags. Jetzt sucht sich jeder einen Platz, und wir machen uns an die Arbeit.«

Geordi wählte den Stuhl, neben dem er stand, und

betrachtete die Geräte. Die Handschuhe boten keine Schwierigkeiten. Wenn er sie überzog, übertrugen sie seine Befehle an einen Roboterkunder irgendwo auf dem Meeresboden.

Doch der Helm war ein Problem. Er übertrug visuelle Informationen von den Kameras des Roboters. Wenn er richtig angebracht war, ließ der Helm seinen Träger sehen, was der Robot sah, während er sich über den Meeresboden bewegte.

Diese Helme wurden serienmäßig gefertigt. Geordi hatte schon einmal versucht, einen zu benutzen. Bei seinem VISOR funktionierten sie nicht.

Mit einem frustrierten Seufzen schob er die Geräte zurück. Er konnte mit dem Helm nichts anfangen. Und damit konnte er auch diesen Teil seines Auftrags nicht ausführen.

Geordi ließ sich in seinen Sessel sinken. Es war nicht fair! Je mehr er sich anstrengte, desto weniger gelang ihm. Wie sollte er diesen Kurs erfolgreich beenden, wenn es ihm nicht möglich war, an den vorgeschriebenen Projekten mitzuwirken?

Wie um die Sache noch schlimmer zu machen, saß Ven neben ihm. Cris hatte auf der anderen Seite des Raums angefangen und arbeitete sich in seine Richtung vor. Sie half den Kadetten, ihre Helme aufzusetzen.

Ven schaute zu Geordi hinüber. »Bei einem Außeneinsatz würdest du alle in Gefahr bringen, weil du die Ausrüstung nicht benutzen kannst.«

Du kannst dieses Helmmodell auch nicht benutzen! dachte Geordi. Die Helme waren massiv und saßen eng am Kopf. Sie verfügten nicht über Öffnungen für die empfindlichen Kopffühler des Andorianers. »Wie

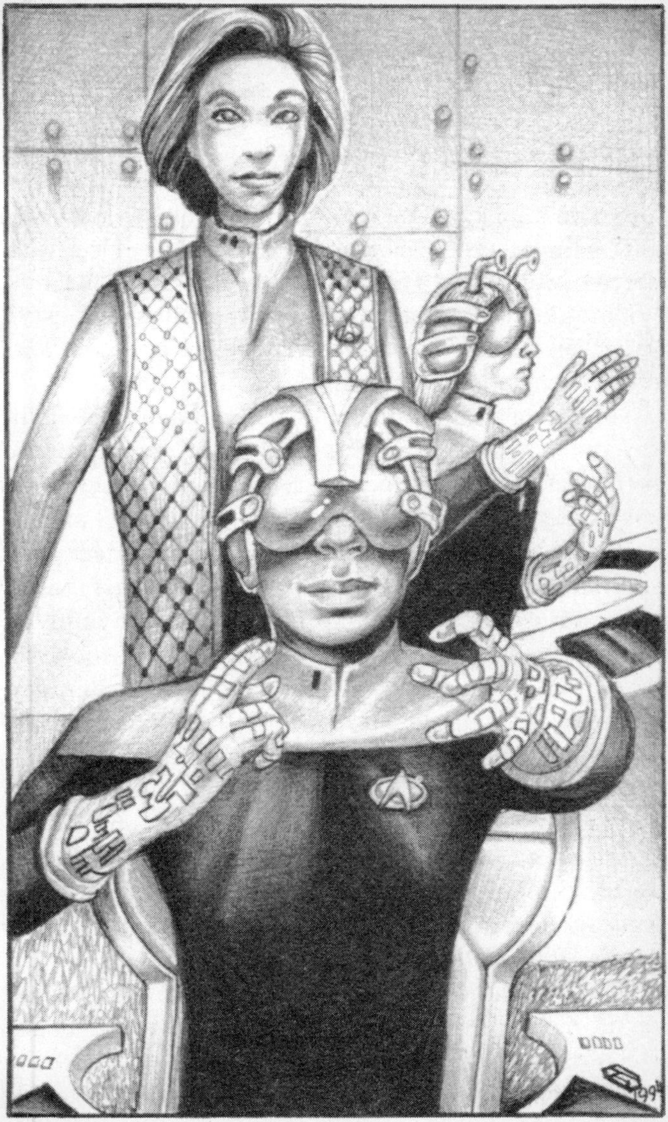

paßt denn dein Helm?« fragte Geordi. Es war eine billige Retourkutsche, aber er war Vens Kommentare allmählich leid.

Ven antwortete nicht. Einen Augenblick lang tat es Geordi leid, etwas gesagt zu haben. Wenn er Ven angriff, löste er damit nicht *seine* Probleme. Ihm wäre lieber gewesen, er hätte gewußt, was er mit seinem eigenen Helm anfangen sollte.

Cris stellte zwei Helme auf die Arbeitsfläche zwischen ihnen. »Warum versuchen Sie nicht mal diese?« fragte sie. »Damit kommen Sie wohl etwas besser klar als mit den serienmäßigen Modellen.«

Geordi warf einen Blick auf die Helme. Vens Helm war mit einem offenen Rahmen versehen. Er konnte die Größe verstellen, doch noch wichtiger war, daß die Kopffühler nun nicht mehr im Weg waren. Der andere Helm unterschied sich äußerlich nicht von dem, den Geordi bereits begutachtet hatte.

Ven ergriff seinen Helm und setzte ihn auf. Er klappte die Augenschalen herunter und verschob sie, bis sie saßen. Nachdem er den Riemen festgezogen hatte, schob er die Hände in die Kontrollhandschuhe. Seine Finger zuckten, als er die Kontrolle über seinen Roboter übernahm und mit der Erkundung begann.

»Worauf warten Sie?« fragte Cris mit einem Anflug von Lachen in der Stimme. »Oder wollen Sie nicht mit meinen Spielzeugen spielen?«

»Das ist es nicht.« Geordi drehte den neuen Helm in seinen Händen. Zu seiner Überraschung war die innere Verkabelung grundlegend verändert worden. Er wußte nicht genau, welchen Zweck die meisten der neuen Bestandteile hatten.

»Er müßte bei Ihnen funktionieren.« Cris zeigte auf

die Kontaktpunkte auf beiden Seiten des Helms. »Ich habe mir von der Medizinischen Abteilung der Akademie die Spezifikationen Ihres VISORs schicken lassen. Sie haben das *Recht*, Ausrüstungsgegenstände zu bekommen, die Sie auch benutzen können.«

»Ich... äh... ich weiß nicht, das ist... ich...« Um seine Verwirrung zu überspielen, untersuchte Geordi den Helm. Wegen der enormen Bandbreite der humanoiden Körperformen und -eigenarten konnte jeder Bürger der Föderation verlangen, daß grundlegende Ausrüstungsgegenstände nach seinen Bedürfnissen umgebaut wurden. Doch irgendwie hatte Geordi nicht damit gerechnet, daß Starfleet sich Gedanken über seine einzigartigen Probleme machte, *bevor* er den Abschluß an der Akademie gemacht hatte.

»Es war mir ein Vergnügen«, sagte Cris. »Das gab mir endlich die Gelegenheit herauszufinden, wie sie Ihr VISOR konstruiert haben. Es ist eine wunderbare technische Meisterleistung.«

Irgend etwas in ihrer Stimme schlug in Geordi eine Saite an. Man hatte sein VISOR schon mit vielen Ausdrücken belegt, aber ›wunderbar‹ war bislang noch nicht dabei gewesen. Er drehte sich um und musterte sie. Aus so geringer Nähe waren die winzigen Sensoren an ihrer Weste nicht mehr zu übersehen. Wie die Facetten des zusammengesetzten Auges eines Insekts nahm jeder Sensor einen Teil ihrer Umgebung auf. Computer-Implantate leiteten die Informationen an ihre Sehnerven weiter und umgingen dabei ihre beschädigten Netzhäute. Damit konnte sie ihre Umgebung besser als eine nicht behinderte Person ›sehen‹.

Plötzlich fiel Geordi ein, was er über Cris Hall gehört hatte. Als seine Eltern vor einigen Jahren die Universität von Olbrecht V besuchten, hatten Terroristen das biochemische Forschungslabor bombardiert. Die nachfolgenden Explosionen und das Feuer hatten die benachbarten Gebäude mit dichtem, giftigem Rauch gefüllt.

Die meisten Wissenschaftler waren durch die chemischen Dämpfe ohnmächtig geworden. Die Retter waren von dem dichten Rauch geblendet worden und hatten die Opfer nicht finden können. Ohne Hilfe hatte eine Studentin im letzten Semester namens Cris Hall acht Personen aus dem Biologielabor für Meeresleben gezerrt, bevor weitere Hilfe eingetroffen war. Geordi erinnerte sich an den Zwischenfall, weil Cris Hall – genau wie er – blind gewesen war.

»Sie haben an der Universität von Olbrecht V studiert.« Geordi merkte erst, was er sagte, als die Worte auch schon über seine Lippen kamen. »Ich habe gehört, was Sie während des Bombenattentats getan haben.«

»Sie haben davon gehört? Wie klein die Galaxis doch ist.« Sie lachte. »Das ist schon lange her. Setzen Sie den Helm auf.«

Geordi nahm sein VISOR ab und tat wie geheißen. Zuerst konnte er keine Verbindung herstellen. Er mußte den Helm mehrmals justieren, bevor er einen dauerhaften Kontakt bekam. Und auch danach schien es sich bei dem, was er sah, um reinen Unsinn zu handeln.

Nach einem Augenblick wurde ihm klar, daß das Problem in dem Unterschied zwischen den beiden Geräten lag. Das VISOR lieferte ihm eine umfassende Bandbreite von Daten, die er dann interpretierte. Der Telepräsenz-Helm war mit einem Roboter mit begrenzten Sinnen verbunden. Die Sensoren des Roboters leiteten die nützlichsten Informationen über eine äußerst fremdartige Welt weiter. Er mußte neu interpretieren, was er über den Helm sah.

»Viel Spaß.« Cris drückte kurz seine Schulter. Ihre Schritte entfernten sich auf dem gefliesten Boden.

Er wollte sie zurückrufen, wollte ihr mehr Fragen über den Helm stellen. Er verstand nicht hundertprozentig, wie sein VISOR funktionierte. Das machte ihn doppelt neugierig darauf, wie sie den Helm für ihn verändert hatte.

Doch bevor er etwas sagen konnte, *verband* sein Gehirn sich mit den Informationen, die durch den Helm kamen. Plötzlich befand Geordi sich in einer fremden Welt. Er schmiegte sich an einen steilen Hang und schaute auf die seltsamste Umgebung hinab, den er je gesehen hatte.

7

Er kauerte auf einer vertikalen Platte aus aufgesprungenem und gerissenem Fels. Geordi hatte keine Ahnung, wie der Roboter dort hinaufgekommen war. Er wußte auch nicht, wie er ihn wieder herunterschaffen sollte. Selbst jemand mit großer Erfahrung bei der Bedienung ferngesteuerter Geräte hätte Schwierigkeiten gehabt, sich aus dieser Position zu befreien.

Tief unter ihm übersäten runde Felsblöcke und Klötze aus schroffem, dunklem Gestein den Meeresboden. Er drehte den Kopf, und ein Lichtkegel folgte der Bewegung. Alles, was sich mehr als ein, zwei Meter entfernt befand, wirkte aufgrund des dunklen Wassers verschwommen.

Der Boden unter ihm erzitterte. Druckstöße schlugen wie starke Wellen gegen seine rechte Seite. Neugierig geworden, schaute er in diese Richtung.

Am Rand seines Sichtfelds quoll dichter schwarzer ›Rauch‹ aus einer unregelmäßig geformten Felssäule. Geordi versuchte, mehr auszumachen. Plötzlich schienen die kochenden Wolken unmittelbar vor ihm aus dem Fels zu brodeln, als hätte er den Anblick mit einem Zoom herangeholt.

Er versuchte Einzelheiten auszumachen, doch das Licht war zu schlecht. Ob die Linsen des Roboters sich nun auf Nah- oder Weitsicht eingestellt hatten, das Licht des Scheinwerfers bestimmte, was Geordi wahrnahm. Um besser sehen zu können, mußte er näher heran.

Doch wie sollte er den Hang hinabkommen? Es gab fast so viele Typen von ferngesteuerten Robotern, wie es Aufgaben für sie gab. Niemand hatte ihm verraten, was für einen Typ er bediente. Das bedeutete entweder, daß er bereits wissen sollte, wie man diesen Roboter bediente, oder aber, daß die nötigen Informationen problemlos abgerufen werden konnten. Geordi kam zum Schluß, daß sie sich irgendwo im Computer befinden mußten. Er mußte nur noch herausfinden, wo. Hätte er, wie seine Studienkollegen, schon mal einen Helm benutzt, würde er die Antwort kennen.

Wie lautete der richtige Befehl? Mit »Computer!« erreichte man das Hauptsystem eines Raumschiffs oder der Akademie. Aber dieser Befehl funktionierte nicht überall. Geordi kicherte, als er an einen Klassenkameraden denken mußte, der während einer Prüfung die Antworten angefordert hatte.

Der Computer in dieser Station schien denen an Bord von Raumschiffen zu ähneln. Hätte er das System entworfen, dachte Geordi, hätte er einen anderen Befehl ausgewählt, mit dem man Zugriff auf die Kontrollen des Roboters bekam.

»Robot«, flüsterte er in sein Mikrofon. Nichts geschah, und der Roboter verharrte bewegungslos. »Befehl« und »Kontrolle« funktionierten auch nicht. Seine Verzweiflung wuchs. Wenn er sich nach dem Kommando erkundigen mußte, würde er seinen Studienkollegen nicht mehr gegenübertreten können.

»Fernsteuerung?«

In der unteren linken Ecke seines Sichtfelds erschien in hellgrünen Lettern ein Menü. Mit dem linken kleinen Finger konnte er den Cursor bewegen. Er ging alle Wahlmöglichkeiten durch. Dort befand sich alles, was er benötigte. Erleichtert erkundigte Geordi sich, wie er den Roboter bewegen konnte.

Er brauchte ein paar Minuten, um alle Möglichkeiten in Erfahrung zu bringen. Sein Roboter war zu zahlreichen Manövern imstande. Wie er herausfand, handelte es sich um eine Hochleistungseinheit für Forschungs- und Erkundungszwecke, die dazu konstruiert war, in gefährlichen Umgebungen zu arbeiten. Sie war so widerstandsfähig, daß sie jahrelang unter härtesten Bedingungen arbeiten konnte. Hätte Geordi es gewollt, hätte er ihn von der Klippe fallen lassen können, ohne ihn zu beschädigen.

Doch er konnte sich nicht freischwimmen. Trotz all seiner Fähigkeiten war dieser Roboter ein Geher, eine Bodeneinheit. Bei einem Notfall konnte er seine Proben abwerfen und an die Oberfläche kommen – einmal. Der Roboter mußte daraufhin gewartet werden, bevor er auf den Meeresboden zurückkehren konnte.

Geordi überlegte, ob er tatsächlich den schnellen Weg hinab nehmen sollte. Doch was würde geschehen, wenn der Roboter auf dem Rücken landete? Er sah nach, doch diese Information war in dem Handbuch nicht enthalten. Wenn er Glück hatte, würde er den Roboter wieder aufrichten können. Doch wenn nicht, mußte er um Hilfe bitten.

Er sah in seiner Ausrüstungsliste nach und suchte nach einer anderen Möglichkeit. Nach einem Moment hatte er sie gefunden – eine Halteleine.

Er suchte die Felsoberfläche nach einer Stelle zum Verankern ab. Die Greiferzangen seiner acht Beine waren fest in Felsspalten eingebettet, doch darin konnte er das Seil nicht befestigen. Er brauchte etwas, worum er es binden konnte.

Geordi schlug erneut die Ausrüstungsliste auf. Es mußte eine Möglichkeit geben, das Seil am Fels zu verankern. Nachdem er sie dreimal durchgegangen war, wollte er aufgeben. Alle Möglichkeiten, die sich ihm boten, hätten den Roboter auf Dauer an dieser Stelle verankert.

Dann kam ihm ein Einfall. Der Roboter war mit einem Bohrer für die Entnahme von Bodenproben ausgerüstet. Er mußte lediglich ein Loch *durch* die Felsplatte bohren und befahl dem Roboter, damit zu beginnen.

Die Seite der Maschine öffnete sich, und ein biegsamer Arm schlängelte sich hinaus. Geordi bewegte im Kontrollhandschuh die Finger. Er war überrascht, wie mühelos er den Arm des Roboters bewegen konnte. Als er den Bohrer in Position gebracht hatte, gab er den Startbefehl.

Der Arm wurde starr, und der Hochgeschwindigkeitsbohrer drang in den Fels ein. Durch den Helm hörte er das Sirren und Raspeln der Spitze. Die Geräusche waren viel leiser als in Wirklichkeit, gingen ihm aber trotzdem durch Mark und Bein. Die Vibrationen ließen sein Bild schaukeln und holpern.

Der Bohrer drang viel schneller durch das Gestein, als Geordi es erwartet hatte. Schnell schaltete er das Gerät aus. Der Arm zog sich in sein Fach zurück und nahm den Felskern mit.

Geordi überlegte, ob er die Felsprobe wegwerfen sollte. Schließlich hatte er diese Stelle ja nicht gewählt, weil das Gestein besonders interessant war. Der Roboter kam schneller voran, wenn er nicht durch zusätzliches Gewicht belastet wurde. Doch wie viele seiner Studienkollegen würden überhaupt Gesteinsproben sammeln? Vielleicht konnte er ein paar Extrapunkte erzielen, wenn er eine ›typische‹ Probe zurückbrachte.

Schließlich behielt Geordi den Felsbrocken. Wenn er genug Informationen sammelte, konnte er vielleicht den Punktverlust ausgleichen, der dadurch entstanden war, daß er an diesem Vormittag das Aquashuttle nicht geflogen hatte. Um die Probe später auch verwenden zu können, befahl er dem Computer des Roboters, ständig Daten über die Wassertemperatur und -zusammensetzung zu sammeln.

Es war an der Zeit, den Steilhang zu verlassen. Geordi schlang den Haltestrick durch das Loch. Er zog das freie Ende herum und verband es mit der Haltevorrichtung des Kabels. Nun war der Roboter gesichert, bis er die Verbindung wieder löste.

Nachdem er sich überzeugt hatte, daß das Kabel fest verankert war, befreite Geordi sich. Er löste eine Greiferzange nach der anderen und zog die Beine des Robots an dessen Hülle. Langsam fuhr er das Haltekabel aus. Der Roboter rutschte zentimeterweise die Felsplatte hinab.

Zuerst ging alles glatt. Geordi mußte das Kabel lediglich langsam ausfahren. Wenn er zu schnell vorging, würde der Roboter gegen die Klippe prallen. Etwa auf halber Höhe geriet er ins Schaukeln. Die Bewegungen ließen Geordi schwindlig werden.

Er packte mit seinem Roboter die Seite der Klippe. Dennoch schwang das Bild in seinem Kopf weiterhin vor und zurück. Der Roboter – und das Gestein, an dem er sich festhielt – bewegten sich noch immer. Ein Erdbeben brachte den Meeresboden zum Zittern.

Was sollte er jetzt unternehmen?

Das Erdbeben hielt über eine Minute lang an. Große Felsbrocken wälzten sich an ihm vorbei. Das Wasser bremste die hinabstürzenden Steine ab, aber nicht genug. Sie konnten den Roboter noch immer beschädigen. Geordi ließ das ferngesteuerte Gerät in der Hoffnung an Ort und Stelle verharren, nicht getroffen zu werden.

Als seine Umgebung nicht mehr zitterte, ließ Geordi sich in seinen Sessel zurückfallen. Er fühlte sich erschöpft, fast, als wäre er selbst dort draußen gewesen. »Computer, teile mir die Informationen über das Erdbeben mit.«

»Das Erdbeben hatte eine Stärke von 8,3 auf der Richter-Skala«, sagte der Computer in seine Kopfhörer. »Sein Zentrum lag eintausend Kilometer nordnordwestlich von dieser Station und fünf Kilometer unter dem Meeresboden.«

8,3 auf der Richter-Skala? dachte Geordi. Damit handelte es sich um ein sehr starkes Beben. Kein Wunder, daß sein Roboter so heftig durchgeschüttelt worden war. Er mußte sich ganz in der Nähe des Erdbebenzentrums befinden.

Er schob den Helm von einem Ohr zurück. Bis auf das leise Summen der Ventilatoren und das Kratzen von Fingern, die sich auf den Arbeitsflächen bewegten, war es still im Raum. Die anderen Kadetten – und auch Leilani – arbeiteten ruhig an ihren Kontrollen. Soweit er es sagen konnte, hatte niemand sonst das Beben gespürt. Er mußte der einzige Roboter in dieser Gegend sein.

Geordi schob den Helm zurecht und orientierte sich wieder. Der Roboter befand sich dort, wo er ihn zurückgelassen hatte, auf halber Höhe der Felsplatte. Rechts von ihm stiegen noch größere Wolken schwarzen Rauchs als zuvor aus schornsteinähnlichen Felssäulen empor.

Das ist in Wirklichkeit gar kein Rauch, rief er sich in Erinnerung zurück. Die heißen, mit Chemikalien gesättigten Wasserströme wogten und zuckten wie dichter, schwarzer Qualm, der von einem großen Feuer aufstieg. Die ersten Wissenschaftler, die die Felssäulen mit ihren Strömen metallreichen Wassers gesehen hatten, hatten sie ›schwarze Schornsteine‹ genannt. Der Name war hängengeblieben.

Er hielt nach der besten Möglichkeit Ausschau, näher an die Schornsteine heranzukommen. Mit etwas Glück konnte er ihnen Proben entnehmen. Er grinste leicht. Die Tiefsee war so abgelegen und so schwer zu erreichen, daß jede einzelne Probe wichtig war. Selbst nach Jahrhunderten des Studiums der ›schwarzen Schornsteine‹ wußten die Geologen noch immer nicht genau, was sich in ihnen abspielte.

Zuerst mußte Geordi den Roboter von der Klippe bekommen. Er schaute zur Sicherungsleine zurück. Wenn er die Greiferzangen löste, würde der Roboter wie ein Pendel schwingen. Das allein genügte, um seinen Magen Purzelbäume schlagen zu lassen.

Geordi trieb die Zangen des Roboters tiefer in das Gestein. Ein Stromstoß durch das Halteseil bewirkte, daß die Sperrvorrichtung sich öffnete. Er holte das Seil ein, bohrte ein weiteres Loch und zog das Seil hindurch. An dem nun kürzeren Tau ließ er sich zum Fuß der Klippe hinab.

Auch jetzt boten sich ihm noch zahlreiche Probleme. Der Boden war nicht so eben, wie er von oben ausgesehen hatte. Überall lagen Felsblöcke und Steine der

unterschiedlichsten Größen. Schmale Spalten und tiefe Löcher warteten darauf, ihn zu verschlucken.

Er setzte sich in Bewegung und umging die ersten Hindernisse. Zuerst war es sehr schwierig. Geordi war es nicht gewohnt, mit ferngesteuerten Geräten zu arbeiten. Die Kontrollhandschuhe waren äußerst empfindlich und übersetzten auch das kleinste Zucken seiner Finger in größere Bewegungen der Beine des Roboters. Es wäre viel einfacher gewesen, dachte er, hätte man ihm einen schwimmenden Roboter gegeben.

Nach zehn Minuten hatte er den Dreh rausgekriegt, wie er den Roboter bedienen mußte. Es war eine Sache der Übung; er mußte ganz einfach die Befehle so oft wiederholen, bis sie ihm in Fleisch und Blut übergegangen waren und er nicht mehr bewußt darüber nachdenken mußte. Der Roboter wurde nun schneller; er hatte den Fuß des nächsten Schornsteins schon fast erreicht.

Die Scheinwerfer der Roboters erhellten einen seltsamen und phantastischen Anblick. Heißes Wasser strömte durch Spalten im Meeresboden. Sobald es sich mit dem kalten Seewasser vermischte, bildeten darin vorkommende Chemikalien winzige Kristalle aus Eisenoxyd und anderen Mineralien. Es gab so viele von ihnen, daß sie das Wasser schwarz zu färben schienen.

Die Kristalle sanken auf den Meeresboden und bildeten dort unregelmäßige Hügel und bucklige Felstürme. Rote, gelbe und schwarze Flecken bedeckten das Gestein. Federige Partikel trieben am ›Auge‹ des Roboters vorbei.

Geordi bewegte den Roboter um einen niedrigen Hügel. Auf der anderen Seite hielt er an. Dort wuchsen mehrere Dutzend weißer Muscheln in einer kleinen Spalte im Meeresboden. Auf einer Seite drängten sich ein paar kurze, stummelartige Röhren zusammen. Augenlose Würmer lebten in diesen Röhren, und drei von ihnen schnappten im Wasser nach Nahrung. Geordi fragte sich, was sie fangen wollten.

Ich würde auch gern einen der Würmer mitnehmen, dachte er. Doch seine Ausrüstungsliste führte keinen Behälter auf, in dem er ihn aufbewahren konnte. Sein Roboter war nicht dafür konstruiert, lebende Proben zu sammeln. Der Computer erteilte ihm die Auskunft, daß die Proben erst in knapp drei Wochen geborgen werden würden. Erst dann würde ein Wartungs-Roboter diese Gegend aufsuchen.

Aber das hinderte ihn nicht daran, Gesteins- und Wasserproben aufzunehmen. Mit einem letzten Blick auf die Muscheln wandte Geordi sich wieder seinem ursprünglichen Plan zu. In dieser Gegend gab es viele interessante Dinge zu sehen. Sein Bericht würde vielleicht der beste sein, den ein Starfleet-Kadett je verfaßt hatte.

Geordi war so beschäftigt damit gewesen, den ›schwarzen Schornstein‹ zu beobachten und Proben zu sammeln, daß er gar nicht mehr an die Zeit gedacht hatte. Nachdem er sich erst an die Kontrollhandschuhe und den Helm gewöhnt hatte, kam die Arbeit ihm eher wie ein Spiel vor. *Ein Spiel, das derjenige gewinnt, der die meisten Daten sammelt,* dachte Geordi. Er war entschlossen, diesmal zu gewinnen.

Plötzlich wurde seine Welt schwarz. Die Dunkelheit war so vollkommen und schockierend, als hätte jemand ihm das VISOR vom Kopf gerissen. Gleichzeitig vibrierte sein Sitz wie ein Shuttle, das gegen eine starke Luftströmung ankämpfen mußte. Man konnte den Eindruck haben, ein riesiger Hund hätte die Station zwischen die Zähne genommen und schüttelte sie nun durch.

»Was ist passiert?«

»Ein Erdbeben!«

»Weshalb ist das Licht ausgegangen?«

Die Fragen seiner Studienkollegen überlappten und vermischten sich. Geordi nahm den Helm ab und tastete nach seinem VISOR. Es befand sich nicht mehr dort, wohin er es gelegt hatte. Er griff weiter um sich.

Er schien eine Ewigkeit zu suchen; doch nur ein paar Sekunden waren vergangen, als seine Finger sich um die vertraute Glätte des VISORs schlossen. Das Gerät war an die Wand gerutscht. Erleichtert schob Geordi es über die Augen.

Der Raum zitterte noch immer. Es ging schon seit geraumer Weile so; selbst die stärksten Erdbeben dauerten normalerweise höchstens eine Minute. Er wünschte, er hätte in dem Augenblick zu zählen begonnen, als es angefangen hatte. Nun war es zu spät. Er konnte nicht sagen, wieviel Zeit seit Beginn des Bebens verstrichen war.

»Was ist mit dem Licht?« fragte Lissa.

»Gibt es keine Notenergie-Systeme?« fragte Todd.

Sie alle schwitzten, und alle bis auf T'Varien atmeten mit schnellen, flachen Zügen. Was sie nun erlebten, wurde Kampf-oder-Flucht-Reaktion genannt. Geordi wünschte, er würde keinen so plastischen Anschauungsunterricht für das bekommen, was er im Biologiekurs gelernt hatte.

Mittlerweile konnte er sich immer besser mit dem Flucht-Teil der Kampf-oder-Flucht-Reaktion anfreunden. Nach diesem Erdbeben würde hier niemand mehr Zeit für eine Gruppe Kadetten haben. Die Wissenschaftler würden alle Hände voll zu tun bekommen und mußten sich ihrer Arbeit widmen. Geordi war nicht so nervös wie seine Studienkollegen, doch das lag bestimmt daran, daß er noch ›sehen‹ konnte. Hätte er sein VISOR nicht gefunden, hätte er sich unter Garantie ganz anders gefühlt.

Langsam und gedämpft flackerten die Lampen wieder auf. *Etwas stimmt nicht,* dachte Geordi. Die Notbeleuchtung hätte sofort angehen müssen. Statt dessen hatte das sekundäre, batteriebetriebene System erst volle zwei Minuten nach dem Ausfall der Beleuchtung eingesetzt.

Er wollte Cris fragen, was passiert war, und sah sich um, konnte sie jedoch nicht entdecken. Er hätte wohl damit rechnen müssen. Die Kadetten hatten mit den ferngesteuerten Robotern gearbeitet, und es gab keinen Grund für die blinde Wissenschaftlerin, sich ununterbrochen in diesem Raum aufzuhalten.

Leilani berührte ihren Kommunikator. »Computer, Bericht über den Status der Station.« Es erfolgte keine Antwort.

Geordi versuchte es mit seinem Kommunikator, hatte jedoch genausowenig Erfolg. Er runzelte die Stirn und rief sich in Erinnerung zurück, was er über die Struktur von Raumstationen wußte. Er vermutete, daß die Ingenieure bei dieser Unterwasserkuppel ganz ähnlich vorgegangen waren.

Die meisten Stationen bestanden aus einzelnen Modulen. Der Computer und das Kraftwerk befanden sich im zentralen Kern. Alle Sektionen wurden durch dicke, biegsame Rohre miteinander verbunden, durch die auch die Kabel der Stromversorgung und des Computernetzwerks verliefen. Bei einem Hüllenbruch konnten die Rohre abgedichtet werden. Druckschotte wie dasjenige, das Geordi zuvor genauer betrachtet hatte, riegelten die Gänge ab.

Theoretisch müßte jede einzelne Sektion bei einem Notfall auch weiterhin unabhängig funktionieren. Batterien lieferten Strom für das Licht und die Luftumwälzung. Da Rettungsmannschaften sie innerhalb von maximal sechs Stunden erreichen konnten, stellten Nahrung und Wasser kein Problem dar.

Um sich etwas zu beruhigen, berührte Geordi erneut sein Atemgerät. In dem Teil der Station, in dem sie sich befanden, waren die Stromversorgung und der Zugang zum Hauptcomputer unterbrochen worden. Geordi hoffte, daß das Leck nicht ausgerechnet *hier* aufgetreten war, doch diese Möglichkeit mußten sie in Betracht ziehen.

Ein scharfer Stoß schüttelte sie durch. Der Boden hob sich und schwankte wie ein Floß auf rauher See. Die Wände protestierten ächzend gegen die Bewegung.

Das Erdbeben hielt weiterhin an – dreißig Sekunden, eine Minute, eine Minute und neunzehn Sekunden. Selbst nachdem es geendet hatte, wurde Geordi das Gefühl nicht los, sich noch immer zu bewegen.

»Ich will hier raus!« Lissas Stimme überschlug sich.

»Wir sollten versuchen, das Shuttle zu erreichen.« T'Varien klang ganz ruhig, doch Geordi sah die verräterischen, ruckartigen Bewegungen ihrer Hände.

Leilani versuchte erneut, über ihren Kommunikator Kontakt mit dem Computer aufzunehmen, doch es kam noch immer keine Antwort. »Das gefällt mir nicht«, sagte sie stirnrunzelnd.

Im Gang jaulte eine Sirene. Das Geräusch erklang über eine Minute lang mit voller Lautstärke. »Evakuierungs-Alarm«, verkündete eine Männerstimme. »Begeben Sie sich zur nächsten Andockluke. Das ist keine Übung.«

»Was sollen wir jetzt tun?« fragte Lissa. »Ich habe keine Ahnung, wo die Andockluken sind.«

»Ich schon.« Leilanis Stimme klang fest. Sie strahlte Zuversicht aus, wenngleich Geordi sehen konnte, daß auch sie nervös war. »Ich glaube, T'Varien hat recht. Wir sollten zu unserem Shuttle zurückkehren.«

Leilani ging zur Tür und berührte die Kontrollfläche. Nichts tat sich. Sie bewegte die Hand vor dem Sensor. Die Tür öffnete sich noch immer nicht. Eigentlich unvorstellbar, denn die Sicherheitssysteme waren so geschaffen, daß die Leute aus beschädigten Gebäuden *hinaus*kamen.

Geordi untersuchte die Tür. Es handelte sich bei ihr nicht um ein Druckschott, das sich nicht mehr hätte öffnen lassen, wäre der Gang dahinter überflutet gewesen. Sein VISOR müßte eigentlich die Sensorstrahlen entdecken, die die Tür kontrollierten, doch er nahm keine Spur von ihnen wahr. Die Sensoren funktionierten nicht mehr. »Wir müssen die Handschaltung suchen«, sagte er.

Die Klone klopften die Wand ab. »Bei den meisten zivilen Stationen ...«, sagte Amray.

»... ist die Handschaltung hinter einer Platte verborgen ...«

»... die sich normalerweise auf der linken Seite in Augenhöhe befindet.«

Todd schnaubte. »Wessen Augenhöhe? Woher sollen wir wissen, wie groß die Person war, die die Handschaltung eingebaut hat?«

»Ah! Natürlich!« Geordi hatte eine Idee. Starfleet-Gebäude waren normiert. Wenn man sich auf einer Starbase auskannte, kannte man sich auf jeder aus. Das erleichterte es den Leuten, den Weg zu finden, wenn sie auf eine andere Station versetzt wurden.

Bei zivilen Gebäuden mußten Besucher jedoch nicht wissen, wo die Wandpanele waren. Und obwohl auf der Atlantis-Station zahlreiche Starfleet-Offiziere arbeiteten, handelte es sich bei ihr um einen zivilen Posten.

Amril und Amray hatten das Wandpanel nicht gefunden. Geordi vermutete, daß es höher als auf einer Starbase angebracht war. Er drückte sich im Geiste die

Daumen. Sein VISOR verschaffte ihm zwar einen Vorteil, war ihm aber keine besonders große Hilfe. Wer auch immer das Panel verborgen hatte, er hatte gründliche Arbeit geleistet.

Er wollte schon aufgeben, als er auf der Wand eine dünne Linie sah. Jetzt wußte er, warum es so schwierig gewesen war, die Handschaltung zu finden. Das Panel war eigens gegen die Wärme abgeschirmt, die die Schaltkreise erzeugten.

Geordi griff nach dem Panel, als der Boden sich erneut zu bewegen begann. Die Erschütterungen wurden immer heftiger und rissen ihn schließlich von den Füßen. Die Notbeleuchtung erlosch wieder, und Dunkelheit legte sich über den Raum. Die Sirene verstummte; die plötzliche Stille war unheilvoll und bedrohlich.

Der Raum neigte sich von der einen Seite auf die andere. Geordi wurde hin und her geworfen. Das Stöhnen und Schreien seiner Studienkollegen wurde von dumpfen Schlägen begleitet. Die Station knirschte, ächzte und kreischte. Hinter der Tür zerriß Plastik und prallte zu Boden. Wasser spritzte gegen die Wand.

Wir sind verloren, dachte Geordi. Er wartete darauf, daß unter der Tür Wasser in den Raum quoll, doch dazu kam es nicht, obwohl die Station sich auch weiterhin hob und senkte.

Geordi drückte sich gegen den Boden. Er wollte jetzt nicht verletzt werden. Er wußte zwar nicht, wie sie aus diesem Schlamassel herauskommen sollten, doch eins war ihm klar: Ihre Chancen waren viel besser, wenn sie alle laufen konnten.

8

Schließlich hörte die Station zu zittern auf. Geordi hob sich langsam auf die Knie. Der Boden war nicht mehr eben, sondern geneigt.

Wir haben gewaltige Probleme, dachte er. Schweiß tropfte von seiner Stirn, doch gleichzeitig zitterte er. Um sich zu vergewissern, daß er das Atemgerät nicht verloren hatte, berührte er es. Es hatte den Anschein, daß sie ihre Ausrüstung für den Notfall doch noch brauchen würden.

Um festzustellen, wer verletzt war, riefen seine Studienkollegen ihre Namen auf. Geordi ignorierte sie und lauschte auf die Geräusche der Station. Jedes Knirschen und Ächzen erzählte eine eigene Geschichte.

Er wußte, daß die Station sehr stabil war. Da sie sich in einer gefährlichen und unstabilen Umgebung befand, mußte sie es auch sein. Doch sie hatten gerade drei große Erdbeben erlebt. Wie viele Erschütterungen konnte die Station noch aushalten?

»Ich will hier raus«, sagte Lissa.

»Bleiben Sie alle ruhig«, befahl Leilani. »Die Rettungsmannschaften werden bald hier sein.«

Geordi schaute zu ihr hinüber. Sein VISOR zeigte ihm ihre Körpertemperatur, und die verriet ihm, daß sie log. Er betrachtete die anderen. Bis auf Ven schienen alle in Ordnung zu sein.

Er kroch zu dem Andorianer hinüber. Ven war bewußtlos. Wie sie alle war er heftig hin und her geworfen worden. Seine Fühler lagen dicht am Kopf an.

Nicht gebrochen, stellte Geordi fest, nachdem er sie vorsichtig untersucht hatte. Doch bei Andorianern wogen Verletzungen der Kopffühler schwer. Sobald Ven aufwachte, würde er das Gefühl haben, die ganze Station sei ihm auf den Kopf gefallen.

»Sieht bitte mal jemand nach Ven?« sagte Geordi. Amril und Amray waren ihm am nächsten. Sie folgten dem Klang seiner Stimme, bis sie den Andorianer gefunden hatten.

»Es ist unlogisch, weiterhin hierzubleiben«, sagte T'Varien. »Angesichts der Stärke der Erdbeben, die wir gerade erlebt haben, sollten wir der Evakuierungsanweisung Folge leisten.«

»Die ehrenwerte T'Varien hat recht.« Yoshi klang völlig ruhig. »Ein Samurai, der sich nicht retten kann, ist nicht würdig weiterzuleben.«

»Aber wir sind hier gefangen«, sagte Todd. »Wir bekommen die Tür nicht auf.«

»Ich glaube, ich weiß, wo der Schalter ist.« Geordi kroch zur Tür. »Ich habe das Panel entdeckt, als das letzte Erdbeben begann.«

»Dann bring uns hier raus!«

Nachdem die Beleuchtung ausgefallen war, war es nicht mehr so einfach, das Panel zu finden. Ohne die verräterischen Wärmemessungen mußte Geordi sich auf seinen Tastsinn verlassen. Als er es geöffnet hatte, tat sich das nächste Problem auf. Er war nicht mit dem elektrischen Schaltplan vertraut und konnte nur raten, wo der Schalter war. Es waren mehrere Versuche nötig, um ihn zu finden.

»Ich habe ihn«, sagte er. »Können wir gehen?«

»Wir wissen nicht, was dort draußen geschehen ist.« Lissas Stimme zitterte. »Vielleicht ist dieser Raum der einzige sichere Ort auf der Station.«

»Das hat was für sich«, sagte Todd. »Da wir noch keine Hilfe bekommen haben, könnte unser Sektor der einzige intakte sein.«

»Das glaube ich nicht«, sagte Geordi. »Aber die Erdbeben könnten die Station aus ihrer Verankerung gerissen haben.«

»Erdbeben von dieser Stärke verursachen oft Felsrutsche.« T'Varien klang, als würde sie laut denken. Geordi war einen Augenblick lang überrascht, daß ihre Ansicht mit der seinen übereinstimmte. »Die Felsen unter der Station könnten nachgegeben haben«, fuhr sie fort.

»Dann fallen wir auf den Meeresboden, und man wird uns niemals retten!« Lissa begann zu weinen. »Warum wollte ich unbedingt auf einem Planeten leben! Raumstationen sind doch viel sicherer!«

Geordi mußte sich bemühen, nicht laut loszulachen. Milliarden von Menschen waren noch immer der Ansicht, es sei für Humanoide viel zu gefährlich, im Weltraum zu leben. Lissas Reaktion brachte ihre Situation wieder in die richtige Perspektive.

»Ich glaube, T'Varien hat recht«, sagte Leilani. »Aber die Vertäuungskabel sind im Muttergestein verankert. Wir müssen das Shuttle erreichen, bevor die Kabel reißen.«

»Was ist mit den anderen?« fragte Geordi. »Sollten wir nicht nach Überlebenden suchen?«

»Um zum Shuttle zu gelangen, müssen wir durch die Forschungssektionen«, erwiderte Leilani. »Dabei werden wir nach Überlebenden Ausschau halten.«

»Was ist mit den Forschungen, die die Wissenschaftler betrieben haben?« fragte T'Varien. »Wenn die Station vernichtet wird, werden sämtliche Aufzeichnungen verloren gehen.«

»Nicht alle.« Leilani hielt inne. »Aber viele der heute entstandenen Berichte. Die meisten Mitarbeiter speichern ihre Sicherungskopien im Hauptcomputer auf der Insel, aber einige legen diese Kopien nicht so oft an, wie sie es eigentlich tun sollten.«

All diese Daten verloren? Geordi erschauderte. Aufgabe der Atlantis-Station war es, in Erfahrung zu bringen, wie man Erdbeben und Vulkanausbrüche vorhersagen konnte. Die Beben, die sie gerade überstanden hatten, bewiesen, wie wichtig diese Arbeit war. Des weiteren zeigten sie auf, daß die Wissenschaftler keineswegs schon alle Antworten kannten.

»Können wir die Datenträger nicht einsammeln, während wir die Labors nach Überlebenden durchsuchen?« fragte er. »Wir werden nicht die Zeit haben, alle mitzunehmen, aber einige sind besser als nichts.«

»Ich werde meine Zeit nicht mit ein paar blöden Datenträgern verschwenden!« rief Todd. »Ich will hier raus!«

»Du *wirst* diese Chips bergen«, befahl Leilani. »Wir alle werden uns darum kümmern. Sobald man erst tief genug in dem Raum ist, um sich vergewissern zu können, daß sich keiner mehr darin befindet, dauert es fünf Sekunden, das Regal mit den Datenträgern zu leeren.«

»Sie können mich nicht zwingen, nach Datenträgern zu suchen! Ich weigere mich!«

»Ich schreibe Ihre Beurteilung, Kadett Devereau. Ich werde die Anzahl der isolinearen Datenchips, die Sie bergen, als Anzeichen dafür nehmen, ob Sie die Labors gründlich nach Überlebenden durchsucht haben. Ist das klar?«

Todd überlegte lange. »Jawohl, Sir!« sagte er schließlich.

Die anderen murmelten zustimmend. Geordi war nicht der Ansicht, daß irgend jemandem ihr Auftrag gefiel. Auch er wäre am liebsten direkt zu ihrem Shuttle gelaufen. Doch es war ihre Pflicht, so viele Verletzte und soviel von den Daten der Station wie nur möglich zu retten.

»Sind wir bereit?« fragte Leilani. »Dann kann es ja losgehen.«

Geordi atmete tief ein und zog den Hebel, mit dem man die Tür manuell öffnen konnte. Er hoffte, daß sie mit ihren Vermutungen nicht allzu falsch lagen. Welche Gefahren erwarteten sie auf der anderen Seite der Tür?

Sie öffnete sich mit kurzen, ruckartigen Bewegungen. Offensichtlich war seit der Inbetriebnahme der Station das manuelle System nicht mehr geprüft worden. Geordi hielt den Atem an und hoffte, daß die Verzahnung nicht allzu verklemmt war.

Die Tür verharrte auf halber Breite und ließ sich nicht mehr bewegen. Er schaute die anderen an. Für die meisten von ihnen war die schmale Öffnung kein Problem. Doch Ven – der wieder zu Bewußtsein gekommen war – war noch immer benommen und verwirrt. Er stützte sich auf Amril und Amray, und die beiden konnten ihn kaum auf den Füßen halten.

Geordi drückte noch einmal gegen die Tür, aber nichts tat sich. Wenn die anderen Türen in einem ähnlichen Zustand waren, würde es nicht leicht werden, die Wissenschaftler und ihre Daten zu retten. Aber sie konnten auf keinen Fall in diesem Raum bleiben.

»Gehen wir«, sagte er und zwängte sich durch die Öffnung. Während er darauf wartete, daß die anderen ihm folgten, probierte er noch mal seinen Kommunikator aus. Noch immer kam keine Antwort. Entweder war niemand in Reichweite, oder die Station schirmte seinen Funkspruch zu gut ab.

Er schaute sich um. Eine schwache, batteriebetriebene Notlampe flackerte am Ende des Ganges. Der Boden war mit zerbrochenem Plastik von einem der Aquarien an den Wänden übersät. Das Wasser und die Algen waren über den Boden gespritzt und hatten ihn in eine nasse, schlüpfrige Fläche verwandelt. Einige der sterbenden Pflanzen strahlten ein schwaches, grünliches Leuchten aus. Dieser phosphoreszierende Effekt und die Notbeleuchtung ermöglichten es den anderen immerhin, die Umgebung einigermaßen zu erkennen. Andere Personen waren nicht in Sicht.

Geordi hob ein Stück Plastik auf und betastete die scharfe Kante. Sein VISOR zeigte ihm die zurückgebliebenen Belastungsmuster in dem Material, aber das verriet ihm noch lange nicht, um was für eine Plastiksorte es sich handelte. Wahrscheinlich um eine der neueren. Die verschiedenen Sorten wurden oft für ganz spezifische Aufgaben konstruiert, vor allem an Orten, an denen man Metalle nicht lange der Umwelt aussetzen wollte. Ihm fiel kein vernünftiger Grund ein, das Plastik zu behalten, aber es hatte eine scharfe Kante. Ohne weiter darüber nachzudenken, steckte er es in seine Gürteltasche.

Amril und Amray halfen Ven durch die Labortür. Sie

verließen den Raum als letzte. Der Andorianer schien nicht zu wissen, wo er sich befand.

Leilani untersuchte Ven kurz. »Ich glaube nicht, daß er schwer verletzt ist«, sagte sie. »Wir haben keine andere Wahl. Er muß uns begleiten.«

»Allerdings«, sagte Todd. »Ich werde auf keinen Fall mit ihm hier warten, bis ein Rettungstrupp eintrifft.«

»Das ist ein unwürdiger Gedanke, ehrenwerter Todd. Man sollte gestürzte Gefährten schützen, damit sie sich wieder erheben und den Kampf fortsetzen können. Wahre Samurai fürchten den Tod nicht.« Yoshi schien sich seiner Meinung völlig sicher zu sein.

Todd funkelte ihn an. »Wenn du nichts dagegen hast, würde ich dieses Ding lieber verlassen, bevor es auf den Meeresboden stürzt.«

Wie um seine Worte zu unterstreichen, machte der Boden einen Satz zur Seite. Die Station kippte ein paar Mal hin und her, bis sie schließlich von den Vertäuungskabeln gebändigt wurde. Die Wände knirschten.

»Streiten wir nicht«, sagte Leilani. »Geordi, Todd und Yoshi – Sie überprüfen die Labors auf der linken Seite des Ganges. T'Varien, Lissa und ich nehmen uns die auf der rechten Seite vor. Amril und Amray – Sie bringen Ven zum Shuttle. Auf geht's!«

Geordi nahm die erste Tür auf seiner Seite des Korridors. Eine leuchtende rote Lampe markierte den Nothebel, mit dem man die Tür manuell öffnen konnte. Er schlug auf die rote Oberfläche, schob den Deckel beiseite und zog an dem Hebel. Die Tür glitt problemlos auf.

Er betrat den Raum. Auf den Arbeitsflächen stand ein unglaubliches Gebilde aus Rohren, Behältern und weiteren Gegenständen. Die meisten Behälter waren zu Boden gefallen und zerbrochen. Ein paar standen noch an Ort und Stelle; sie enthielten bizarr aussehende Meerestiere.

Ein Stück tiefer im Raum trat Geordi auf einen weichen Gegenstand. Sein Fuß glitt darauf aus, und er landete unsanft auf dem Hintern.

Es dauerte eine Weile, bis er wieder zu Atem gekommen war. Direkt unter seinem Fuß befand sich eine handtellergroße weiße Muschel, die denen ähnelte, die er mit seinem Roboter gesehen hatte. Er wollte aufstehen – und sah die Leiche.

Der Wissenschaftler war alt. *Fast alt genug, um in den Ruhestand zu gehen,* dachte Geordi. Und er war sehr, sehr tot.

Geordi kämpfte um die Herrschaft über seinen Magen und rappelte sich auf. Er wandte den Kopf von der Leiche ab und griff nach dem Regal mit den Datenträgern. Er ließ die Chips in seine Gürteltasche fallen und lief aus dem Raum.

Zu seiner großen Erleichterung waren die nächsten vier Labors, die er durchsuchte, leer. Er ging schnell durch jeden Raum, griff sich die Datenträger und eilte wieder hinaus. Die Station hatte sich nicht mehr bewegt, aber ein leises Knarren und Ächzen erinnerte ihn ständig daran, daß das Gebilde jederzeit abstürzen konnte.

Im letzten Labor lag eine weitere Leiche. Obwohl die Frau nicht viel älter als er selbst war, reagierte Geordi nicht mehr so heftig auf ihren Tod. Nachdem er sich vergewissert hatte, daß sie tatsächlich nicht mehr lebte, sammelte er die Datenträger ein und verließ den Raum.

Die anderen standen bereits vor dem Druckschott,

das zur nächsten Sektion führte. Als Geordi sich ihnen näherte, breitete sich in seinem Magen ein übles Gefühl aus. Worauf warteten sie? Ihm fiel kein einziger *guter* Grund ein.

»Die Tür klemmt«, sagte T'Varien. »Ich kenne mich mit dem Handschalter dieses Modells nicht aus.«

Geordi ging zur Tür. Ein Blick auf die Anzeigetafel bestätigte seine schlimmsten Befürchtungen. »Die Tür klemmt nicht. Die Kontrollen zeigen eine Sicherheitsaussperrung an.« Er drehte sich zu seinen Studienkollegen um. »Die nächste Sektion ist überflutet.«

9

»Wir sitzen in der Falle!« Lissas Stimme zitterte. »Ich will hier nicht sterben!«

T'Varien starrte sie voll Unverständnis an. »Hysterie ist unlogisch. Dein Atemgerät wird dich mit genug Sauerstoff versorgen, bis die Rettungsmannschaften eintreffen.«

Trotz ihres ruhigen Tonfalls zitterte T'Varien. Geordi vermutete, daß sie fast so aufgeregt wie Lissa war. Zumindest bei T'Varien konnte Geordi diese Reaktion verstehen. Es mußte ihr schwer zu schaffen machen, von so viel Wasser umgeben zu sein. Er konnte sich ihre Erklärung vorstellen: »Es ist unlogisch, daß so viel Wasser an einem Ort ist.«

Ob nun logisch oder nicht, sie mußten die überflutete Sektion durchqueren. Der Vorschlag, auf einen Rettungstrupp zu warten, klang von Minute zu Minute weniger ansprechend. »Leilani«, fragte er, »gibt es eine Möglichkeit, diese Sektion zu umgehen?«

Sie schüttelte den Kopf. »Nicht, ohne zum Rand der Station zurückzukehren. Normalerweise könnten wir durch den zentralen Kern gehen, aber der ist jetzt abgeschottet. Deshalb reagiert der Computer nicht und ist die Hauptenergie ausgefallen.«

»Das können Sie doch nicht hundertprozentig wissen.« Todd schaute Leilani wütend an. »Sie haben nicht nachgesehen.«

»Nein, habe ich nicht.« Leilani strich ihr Haar aus

ihrem Gesicht. »Aber ich kenne diese Station. Sie kann sehr starke Erdbeben verkraften. Und wenn die Verbindung zum Computer abgerissen ist, gibt es keine andere Möglichkeit als die, daß der Zentralkern überflutet ist.«

»Aber Sie wissen es trotzdem nicht genau!« beharrte Todd. »Ich stimme dafür, daß wir durch den Zentralkern gehen.«

Geordi überschlug, wie lange das dauern würde. Die Erdbeben hatten die Station schwer erschüttert, und er hatte keine Ahnung, wieviel Zeit ihnen noch blieb, bis das Gebilde in sich zusammenbrach. Wenn eine Sektion überflutet war, dann höchstwahrscheinlich auch andere.

Leilani berührte ihren Kommunikator. »Kann mich jemand hören? Wir befinden uns in Sektion SR5A. Ist jemand innerhalb meiner Kommunikatorreichweite?«

Es erfolgte keine Antwort. Leilani versuchte es noch einmal, aber am Ergebnis änderte sich nichts. »Entweder alle anderen haben es zu den Rettungskapseln geschafft, oder ...« Sie zuckte mit den Achseln und überließ es den Kadetten, den Gedanken zu Ende zu führen... *wir sind die einzigen, die in der Station noch leben.*

Geordi stemmte den Deckel des Kontrollpanels auf und untersuchte die freigelegten Schaltkreise. Er pfiff leise durch die Zähne. »Mann, ist das ein altes Schätzchen!« Er erinnerte sich, so eine Anlage mal im Schulunterricht durchgenommen zu haben. Seine Finger tasteten nach der Notbatterie.

»Ich kann die Tür öffnen«, sagte er. »Aber das Wasser wird sofort hineinströmen. Wir müssen uns festhalten, oder es wird uns mit sich reißen.«

»Das ist zu gefährlich!« Todd ging den Weg zurück, den sie gekommen waren. Nach vier Schritten blieb er stehen und sah sich um, ob jemand ihm folgte.

Amril und Amray wechselten besorgte Blicke, schauten Ven und dann wieder einander an. Der Andorianer war sich seiner Umgebung noch immer nur teilweise bewußt. »Wir sind der Ansicht…«, begann Amray.

»…wir sollten den kürzesten Weg nehmen«, beendete Amril den Satz.

»Für einen wahren Samurai sind alle Wege gleich«, sagte Yoshi. Geordi war sich nicht sicher, was er damit meinte, aber er folgte Todd nicht.

Lissa ging Todd hinterher, blieb dann aber stehen. Niemand sonst folgte ihrem Beispiel. Sie schaute von Todd zu den anderen.

»Die Annahme, nur diese Sektion sei überflutet, ist unlogisch«, sagte T'Varien leise. »Die Erdbeben waren viel zu stark, als daß die Station ihnen widerstanden haben könnte.«

»Dann ist wohl alles klar«, sagte Leilani. »Geordi, was müssen wir tun?«

Geordi schaute erneut auf die Anzeigen. Das Druckschott war Teil einer Doppeltür, die durch ein biegsames Rohr miteinander verbunden war. Das Rohr ermöglichte, daß die verschiedenen Sektionen der Station in einem gewissen Rahmen ihre relative Position zueinander verändern konnten. Das trug dazu bei, daß die Station schwere Erdbeben überstehen konnte, ohne auseinanderzubrechen.

Das Meßgerät verriet Geordi lediglich, daß sich auf der anderen Seite dieser Tür Wasser befand. Wenn das Rohr gerissen war, würden sie, wenn sie die Tür öffneten, damit nur diese Sektion überfluten, ohne in die nächste zu gelangen.

Er drückte sich im Geiste die Daumen und zog die Batterie aus der Halterung. »Ich habe die Kontrolleinheit ausgeschaltet«, sagte er. »Wir müßten die Tür jetzt öffnen können.«

Leilani führte die Stenarios-Mädchen und Ven in die Ecke. »Ihr beide drückt Ven gegen die Wand. Geordi, Yoshi und Todd werden die Tür aufziehen, während die anderen dafür sorgen, daß sie nicht weggespült werden. Und setzen Sie Ihre Atemgeräte auf.«

Sie öffneten die Etuis. Geordi drückte die leichte Plastikmaske auf Nase und Mund. Als er den Verschluß auf sein Gesicht schob, begann das Luftreinigungsgerät an seiner Taille mit der Arbeit. Er überprüfte den Schlauch, der von der Maske zu dem Atemerneuerungsgerät führte, und vergewisserte sich, daß er nirgendwo beschädigt war.

Schließlich warf er einen Blick auf die Skalen, um festzustellen, ob auch alles richtig funktionierte. Die Anzeigen waren in Ordnung, aber die Modellnummer stimmte nicht. Er kämpfte gegen das kalte Gefühl in seinem Magen an und überprüfte es noch einmal. Dieses Atemerneuerungsgerät war nur ein leichtes Modell, bestimmt für den Gebrauch in flachem Wasser. Seine Energiereserve gewährleistete eine Benutzung von höchstens sechs Stunden. So viel Zeit blieb ihnen also, um zum Shuttle zu gelangen.

Geordi fragte sich, ob er das Problem zur Sprache bringen sollte. Nach einem Augenblick entschied er sich, nichts zu sagen. Er hatte jede Menge Zeit, bevor die Batterien erschöpft waren, und die Gruppe konnte keine weiteren Probleme gebrauchen.

Als Todd seine Maske aufsetzte, befanden die anderen Kadetten sich bereits an den ihnen zugewiesenen Positionen. Zögernd trat der Blondschopf zu Geordi und Yoshi. Die drei Jungen gruben ihre Finger in den schmalen Spalt und schoben. Nichts geschah. Sie probierten es erneut, ohne mehr Glück zu haben.

Vor dem dritten Versuch wechselten sie die Positionen. Schließlich stützte jeder sich mit einem Fuß am Türrahmen ab. Sie zogen, doch noch immer passierte nichts.

»Hast du die Batterie auch tatsächlich herausgenommen?« knurrte Todd. »Oder hast du die Tür blockiert, und jetzt sind wir auf ewig hier gefangen?«

»Keine Ahnung. Ich sehe noch mal nach.« Geordi zog das Kontrollpanel aus seinen Klammern und drehte es um. Natürlich hatte er die Batterie entfernt. Warum klemmte die Tür also noch immer?

Er studierte die Schaltkreise sorgfältiger. Das Panel war ihm doch nicht so vertraut, wie er ursprünglich angenommen hatte. Ein Teil war völlig fremdartig, und mehrere Glasfaserkabel verbanden diese Schaltkreise mit weiteren, die tiefer in die Wand eingelassen waren. *Ein zweites Sicherungssystem?* fragte er sich.

Es gab nur eine Möglichkeit, es herauszufinden. Geordi holte den scharfen Plastikkeil aus seiner Tasche. Mit einem Hieb durchtrennte er die Kabel. »Mehr kann ich nicht tun«, sagte er.

Todd runzelte die Stirn, baute sich aber wieder vor der Tür auf. Geordi und Yoshi kehrten an ihre Plätze zurück. Erneut zogen sie.

Die Tür öffnete sich problemlos. Geordi stolperte zurück und prallte gegen T'Varien. Sie stieß ihn in die

Ecke, erstarrte dann und starrte zur Türöffnung. Ein Wasserfall ergoß sich in den Raum.

Geordi packte die Vulkanierin und drückte sie gegen Ven und die Klone. Yoshi und Lissa drängten sich gegen T'Varien, doch Leilani hatte Probleme. Todd hatte zu weit im Gang gestanden, und das Wasser drohte ihn mit sich zu reißen.

Leilani war nicht kräftig genug, um ihn zurückzuziehen. Ihre Füße glitten auf dem nassen Boden aus. Bald würde sie den Halt verlieren, und dann würde das Wasser sowohl sie als auch Todd fortreißen.

Was konnte er tun, um sie festzuhalten? Geordi schaute sich hektisch um. Die einzige Möglichkeit war die Öffnung, in der sich vorher das Kontrollpanel befunden hatte. Er stieß einen Arm in das Loch, ergriff einen Stützbalken und schlang den anderen Arm um Leilanis Taille.

Mit Geordis Hilfe zog Leilani Todd aus der Hauptströmung des eindringenden Wassers. Schließlich bekam Todd Halt, und Leilani zog ihn zu der Gruppe. Die außen stehenden Kadetten verschränkten die Arme ineinander, um die Gruppe zusammenzuhalten.

Das Wasser stieß die Tür weiter auf. Zuerst machte die breitere Öffnung keinen großen Unterschied aus. Dahinter befand sich einfach zu viel Wasser. Es schoß durch die Öffnung und rauschte donnernd den Gang entlang.

Gischt spritzte auf Geordis Rücken und durchnäßte ihn bis auf die Haut. Das Wasser stieg schnell an seinen Beinen höher. Innerhalb von ein paar Sekunden war es von seinen Knöcheln über die Knie bis zur Hüfte geklettert.

Zitternd fragte Geordi sich, ob er die falsche Entscheidung getroffen hatte. Was, wenn der Verbindungstunnel tatsächlich gerissen war? Konnten sie dann noch in den nächsten Teil der Station vorstoßen, nachdem dieser Sektor überflutet war?

Die Flutwelle schwächte sich zu einem starken Fluß und schließlich zu einer gemächlichen Strömung ab. Das Wasser stieg nicht höher als bis zur Hüfte, wofür Geordi sehr dankbar war. So tief im Ozean lag die Wassertemperatur nur knapp über dem Gefrierpunkt. Seine Füße und Beine wurden schon taub; er mußte sie unbedingt bewegen. Leilani zitterte unkontrollierbar, und die anderen Kadetten sahen gleichermaßen elend aus.

Als Geordi glaubte, das Gleichgewicht bewahren zu können, ging er auf die Tür zu. Um kein Risiko in Kauf zu nehmen, hielt er sich an der Öffnung fest, in der sich das Kontrollpanel befunden hatte. Vorsichtig schaute er durch die Tür.

Das Rohr war intakt, doch das andere Schott war halb geöffnet. Etwas hatte es verklemmt und verhindert, daß es sich völlig schloß. Die Notbeleuchtung dahinter war schwach und flackerte. Sie warf ein bleiches gelbes Rechteck auf das fließende Wasser. Geordi schaute in das Wasser hinab und mußte schlucken, als er sah, wieso das Schott sich nicht hatte schließen können.

Einer der Wissenschaftler hatte versucht, durch die Öffnung zu gelangen, als die Tür sich schloß. Er hatte es nicht geschafft. Zu allem Überfluß hatte die Tür seine Uniform eingeklemmt. Der Mann war ertrunken, bevor er sich hatte befreien können.

Geordi ließ das Panel los und ging weiter. Er stemmte den Fuß gegen den anderen Türrahmen und drückte gegen das Schott. Zu seiner Überraschung glitt es ohne Schwierigkeiten zurück. Er geriet ins Stolpern und hätte fast das Gleichgewicht verloren.

Die Uniform des Wissenschaftlers löste sich nun, und die Leiche trieb an Geordi vorbei. Ihr folgten, von der Strömung getragen, weitere Trümmer. Durchnäßte Kleidungsstücke, nicht mehr zu identifizierende persönliche Besitztümer und zwei weitere Leichen wurden durch das Rohr getrieben.

Geordi drückte sich gegen die Wand, um nicht mit den Gegenständen in Berührung zu kommen. Das Wasser floß ziemlich schnell. Zwar nicht so schnell, daß man nicht gegen die Strömung ankam, doch sie mußten vorsichtig sein.

Er sah den Korridor entlang. Alles war dunkel und verschwommen, die Kanten schienen zusammenzulaufen. Bestürzt wurde Geordi klar, daß es sogar für sein VISOR kaum genug Licht gab. Noch schlimmer war, daß das kalte Wasser die Wärme aus den Wänden, den Trümmern und den Leichen zog. Bald würde alles ein und dieselbe Temperatur haben, und dann würde er nicht mal mehr Wärmeunterschiede ausmachen können.

Dann wurde ihm klar, was es mit der Strömung auf sich haben mußte. Noch immer drang Wasser in die Station ein. Nachdem sie die Türen geöffnet hatten, konnte es nun beide Sektionen ausfüllen. Wenn man den in dieser Tiefe herrschenden Druck berücksichtigte, konnte das Leck nur klein sein. Ansonsten hätte das Wasser diese Sektion so schnell ausgefüllt, wie es sich durch die Tür ergießen konnte.

»Kommt weiter«, sagte er. »Verschwinden wir von hier, bevor das Wasser noch höher steigt.«

»Und bevor wir erfrieren.« Leilanis Zähne klapperten, und sie zitterte unbeherrscht. »Halten wir uns an den Armen fest.«

Die Kadetten erhoben sich aus ihrer gebückten Haltung. Die Kälte hatte Ven ein wenig wiederaufleben lassen, und er beobachtete seine Umgebung mit größerem Interesse. Er ließ sich von den Klonen führen, hielt sich jedoch energisch an ihren Armen fest, um ihnen zu zeigen, daß er wußte, was mit ihm geschah.

Sie kamen in dem hüfthohen, eisigen Wasser nur langsam voran. Die Strömung trieb weiterhin seltsame Kleidungsfetzen und allen möglichen Plunder an ihnen vorbei. Geordi wußte, daß dies ein schlechtes Zeichen war. Sie hatten das nächste Druckschott fast erreicht und mußten noch immer gegen die Strömung ankämpfen.

Das Geräusch drang zuerst zu ihnen. Es klang wie das Tosen eines riesigen Wasserfalls. Geordi kam es vor, als würden in jeder Sekunde Millionen von Stahlbällen ins Wasser geworfen. Mit jedem Schritt wurde das Dröhnen lauter.

Sie gingen um eine Biegung. Wo sich die nächsten Druckschotten hätten befinden sollen, erstreckte sich auf zwei Drittel des Weges ein Wasservorhang durch den Gang.

»Oha«, sagte er. Er konnte kaum seine eigene Stimme hören.

Eine Naht zwischen den Hüllenplatten war gerissen. Das Wasser schoß unter hohem Druck herein. Die gesamte Breite des Korridors brodelte vor Gischt. Weißer Schaum spritzte bis zur Decke hinauf. Nur die gewaltige Stärke der Hülle verhinderte, daß die Decke zusammenbrach.

»Und was machen wir jetzt?« Lissa starrte die Wasserwand an. »Da kommen wir doch niemals durch!«

»Wir müssen umkehren.« Todd richtete sich zu voller Größe auf und versuchte den Anschein zu erwecken, er habe das Kommando.

Noch immer zitternd, schüttelte Leilani den Kopf. »Das Shuttle ist an der nächsten Sektion angedockt. Wenn hier so viel Wasser eindringt, haben wir keine Zeit mehr, uns einen anderen Weg zu suchen.«

Geordi betrachtete die Wasserwand und wünschte sich, er hätte etwas mehr Licht. Obwohl sein VISOR die geringe Lichtstärke ausglich, hatte er Schwierigkeiten, Einzelheiten auszumachen. Und Einzelheiten benötigte er jetzt am dringendsten.

Er versuchte sich daran zu erinnern, was sie bei ihrer Ankunft gesehen hatten. Das Leck war etwa drei Meter von der Tür entfernt. Das bedeutete, sie hatten genug Platz, um zur Tür zu gelangen. Niemand konnte lange genug unter der Wucht dieses Wassers stehen, um die Türkontrollen zu bedienen.

Nur etwas mehr Licht, dachte er. *Mehr brauche ich nicht.* Er wollte noch einmal überprüfen, ob er sich richtig erinnerte. Leider war die einzige Lichtquelle zu schwach und zu weit entfernt, als daß sie ihm großartig weitergeholfen hätte.

Frustriert starrte Geordi den schimmernden Wasserwall an. Hatte er das Recht, das Leben seiner Studienkollegen aufs Spiel zu setzen, obwohl er sich nicht genau erinnerte? Wieviel Zeit blieb ihnen, bis das immer höher steigende Wasser sie lähmte?

Was sollte er tun? Es war die erste Entscheidung auf

Leben und Tod, die er je hatte treffen müssen. Und wenn er nicht bald handelte, würde das kalte Wasser die Entscheidung für ihn treffen.

Geordi betrachtete die anderen Kadetten, doch niemand konnte ihm einen Rat bieten. Es lief auf ein und dieselbe Frage hinaus: Wie genau erinnerte er sich an das, was er zuvor gesehen hatte?

Bevor Geordi eine Entscheidung treffen konnte, begann der Boden zu zittern. Sein erster Gedanke war, daß er es sich nur einbildete, die Kälte schon zu Wahnvorstellungen führte. Doch auf dem Wasser kräuselten sich im Rhythmus des Zitterns kleine Wellen. Geordi war nicht der Ansicht, daß er sich auch so etwas einbilden konnte.

Er lief nach vorn. Seine schnellen Bewegungen spritzten Wasser auf. »Auf der anderen Seite ist genug Platz.« Er mußte schreien, um sich verständlich zu machen. »Bleibt an der Wand und haltet euch an den Händen fest.«

Verzweifelt hoffend, daß er Recht behielt, ging Geordi weiter. Zu seiner großen Überraschung folgten ihm alle anderen. Das Wasser kam ihm träge und zähflüssig vor; es leistete seinen Bewegungen Widerstand.

Der Lärm wurde ohrenbetäubend. *Bevor wir hier vorbei sind,* dachte er, *werden meine Ohren so taub wie meine Füße sein.* In gewisser Hinsicht war er froh, daß er nur das Donnern des Wassers hören konnte. Nagende Zweifel würden sie nicht in Sicherheit bringen. *Ich kann nur hoffen, daß ich recht behalte.*

In der Nähe des Lecks durchnäßte die Gischt sie. Eisiger Schaum tränkte Geordis Uniform und ließ sie an seiner Haut kleben. Wasserrinnsale liefen sein Gesicht hinab. Seine Beine waren taub, und seine Zähne klapperten. Leilani ließ den Kopf hängen, als würde sie jeden Augenblick einschlafen. Das war kein gutes Zeichen. Die Kälte lähmte ihre Gehirnfunktionen.

Als sie sich dem Wasserwall näherten, gerieten sie in heftige Wirbel und Strudel. Die Gegenströmungen zerrten und schoben aus allen Richtungen an ihm. Es war fast unmöglich, das Gleichgewicht zu behalten. Geordi drängte weiter. Sie hatten keine andere Wahl.

Er war zwei Schritte an dem Leck vorbei, als er ausrutschte. Seine Beine waren zu kalt, als daß er sich abfangen konnte, und er fiel in das eiskalte Wasser.

In seiner Panik griff er nach der Wand. Die Arme gehorchten ihm noch, doch die Beine fühlte er nicht mehr. Die Strömung trug ihn zur Tür, und seine ausgestreckten Hände berührten den Rahmen.

Heftig zitternd, zog Geordi sich hoch. Während er sich aufrichtete, erreichten die anderen ihn. Yoshi wollte etwas sagen, doch das Tosen des eindringenden Wassers war zu laut, als daß Geordi etwas verstehen konnte.

Er schaute sich um und beglückwünschte sich, daß sogar noch mehr Platz war, als er in Erinnerung hatte. Dann watete er zur Tür. Zu seiner Überraschung war sie offen. Er sah hindurch und schauderte.

Wasser schoß mit genug Kraft, um Metall zu schneiden, durch ein halbes Dutzend winziger Lecks in der Decke. Etwas prallte gegen seine Beine. Geordi schaute hinab und erkannte die Abdeckung des Kontrollpanels der Tür.

»Wie weit ist es bis zum Aquashuttle?« murmelte er. Er versuchte, sich zu erinnern, war aber zu erschöpft. Wie schön wäre es jetzt doch, ein Nickerchen zu halten, ein langes, erholsames Nickerchen... Wenn er aufwachte, würde er warm und trocken in seiner Koje in der Akademie liegen...

Nein! Panik ergriff ihn. Sein Körper war gefährlich abgekühlt, und sein Gehirn drohte abzuschalten. Er schüttelte den Kopf, um wieder klar denken zu können.

»Wir müssen schnell zum Shuttle«, sagte Yoshi.

Die Kälte erschwerte es Geordi, etwas zu sehen. Nachdem die Notbeleuchtung erloschen war, benutzte er die Restwärme. Doch das VISOR konnte keine Dinge unterscheiden, die dieselbe Temperatur hatten. Die Bilder waren schwach und trübe und wurden ständig schwächer.

»Jetzt könnten wir Taschenlampen gebrauchen«, sagte Yoshi und sprach damit Geordis Gedanken aus. Er wünschte, sie hätten eine der starken, wasserdichten Taschenlampen aus dem Shuttle mitgenommen.

»Es ist unlogisch, sich etwas zu wünschen, das man nicht hat«, sagte T'Varien.

»Also, auf geht's...« Geordi setzte sich in Bewegung und suchte sich einen gewundenen Weg um die Wasserwirbel. Das verlängerte die Zeit, die sie benötigten, um zum Shuttle zu gelangen, doch sie hatten keine andere Wahl. Sie alle waren sehr müde und völlig durchgefroren. Ein weiterer Zwischenfall – ganz gleich, was für einer – würde äußerst gefährlich sein.

Schließlich sah Geordi den Tunnel, der zur Andockschleuse führte. Sie hatten es fast geschafft! Die anderen brachen in gedämpftes Jubeln aus, als er zur Tür zeigte.

Geordi schritt etwas schneller aus, obwohl es unmöglich war, sich in dem kalten Wasser tatsächlich zu beeilen. Doch nur ein paar Meter entfernt befand sich ein warmer und sicherer Ort – an dem es, wenn sie Glück hatten, auch trockene Kleidung gab.

Der Boden begann zu zittern. Geordi war zu müde und zu durchgefroren, um ganz sicher zu sein, hielt dieses Erdbeben jedoch für viel stärker als die vorherigen.

Die Wirbel im Wasser wurden größer, und das Donnern des Wassers wurde lauter. Doch das Knirschen und Ächzen in der Struktur der Station war noch lauter als das tosende Wasser. Irgend etwas in der Wand neben ihnen riß.

»Spring!« rief Yoshi.

Geordi warf sich durch den Gang. Zerfetztes Plastik und große Klumpen der Wandverkleidung fielen dort herab, wo er gerade noch gestanden hatte. Wie in Zeitlupe löste die Wand sich auf, die den Gang von einem Lagerraum trennte. Balken, Vertäfelungen und elektrische Leitungen regneten ins Wasser.

Vor Kälte zitternd, zog Geordi sich langsam hoch. Ein Kadett nach dem anderen tauchte wieder auf. Alle schienen etwas benommen zu sein.

Todd hatte eine klaffende Wunde an der Schulter davongetragen. Sie blutete heftig, und Geordi wurde ganz benommen, als er so viel Blut sah. Er war froh, daß Lissa sich freiwillig anbot, Todd zu helfen.

Leilani trieb bewegungslos auf der Oberfläche. Geordi fragte sich, ob sie am Kopf verletzt worden war, konnte aber keine Wunde entdecken. Schließlich gelangte er zur Auffassung, daß sie sich der Kälte ergeben hatte. Wenn sie sie nicht bald wieder zu sich bringen konnten, würde sie sterben.

Er versuchte, sie aus dem Wasser zu heben, doch ihr

schlaffer Körper war zu schwer für ihn. T'Varien stolperte an seine Seite. Ihre Bewegungen waren steif, sie hatte sich schon zu lange in dem eiskalten Wasser aufgehalten. Die beiden richteten Leilani auf. T'Varien überprüfte die Dichtungen auf ihrer Atemmaske. Sie saßen einwandfrei, doch die Skalen der Meßgeräte an ihrer Taille hatten sich alle bernsteingelb verfärbt.

»Diese Einheiten haben Energie für sechs Stunden«, sagte T'Varien. »Es ist nicht möglich, daß die Batterien schon erschöpft sind.«

Geordi sah sich die Typennummern auf den Geräten der Mädchen an und warf dann einen Blick auf seine Einheit. Auch seine Batterieanzeige hatte ein warnendes Bernstein angenommen, genau wie die von T'Varien. »Diese Geräte sind für den Einsatz im flachen Wasser gedacht. In kaltem Wasser funktionieren sie nicht so gut. Wie haben noch Energie für vielleicht eine Viertelstunde«, sagte er.

Amray ergriff seinen Arm und zeigte auf die eingestürzte Wand. »Meine Schwester.«

Geordi zählte die Gruppe ab. Amril und Ven waren nicht bei ihnen. Er schaute in die Richtung, in die Amray zeigte. Unter der zusammengebrochenen Wand machte er zwei verschwommene Wärmeflecken aus. Die fehlenden Kadetten waren unter den Trümmern gefangen.

10

»Ich sehe sie«, sagte Geordi. »Die Wand ist über ihnen zusammengebrochen.«

»Bist du sicher, daß sie darunter liegen?« fragte T'Varien.

Geordi tippte auf sein VISOR. »Ich sehe die Wärme, die ihre Körper ausstrahlen.«

»Sind sie verletzt?« fragte Amray.

»Das kann ich nicht sagen. Wir müssen sie zuerst herausholen.« Geordi überlegte, wer ihm helfen könnte. Todd und Leilani schieden völlig aus, und Lissa verband noch Todds Verletzung. Damit blieben Yoshi, T'Varien und Amray übrig.

Er sah den Klon an. »Kannst du sie herausziehen, wenn wir die Wand hochheben?«

»Ja.« Ihr Tonfall besagte, daß sie alles tun würde, um Amril zu retten.

Sie wateten zu der eingestürzten Wand. »Die Masse der Wand scheint nicht groß zu sein«, sagte Yoshi.

»Aber die Oberfläche wird einen beträchtlichen Wasserwiderstand erzeugen.« T'Varien legte den Kopf schief, als wollte sie den genauen Wert berechnen.

Geordi nickte. »So einen großen Gegenstand kann man im Wasser nur schwer bewegen. Außerdem liegt jede Menge Schutt darauf.«

Sie machten sich an die Arbeit. Geordi und T'Varien hoben die schwersten Balken, während Yoshi und Amray die anderen Trümmer beiseite räumten. Das dauerte etwa fünf Minuten. Geordi versuchte, nicht daran zu denken, wie lange die Batterien in ihren Atemgeräten halten würden. Leilani und nun Ven und Amril lebten nur noch, weil sie ihre Masken getragen hatten. So müde und durchgefroren mittlerweile alle waren, konnte jeder Sturz ohne sie tödlich sein.

Geordi betrachtete die Vertäfelung und versuchte herauszufinden, wo genau Amril und Ven waren. Die Wirbel in dem kalten Wasser und die dichte Isolierung der Platte erschwerten ihm eine Positionsbestimmung. Selbst als er das VISOR auf die höchste Empfindlichkeitsstufe einstellte, konnte er lediglich verschwommene Wärmeflecken ausmachen.

»Kannst du feststellen, wo sie liegen?« fragte T'Varien.

Geordi trat zur Seite, um die Platte aus einem anderen Blickwinkel zu betrachten. Die beiden hatten an der Wand gestanden, als das Erdbeben zugeschlagen hatte. Die meisten Kadetten waren flach ins Wasser eingetaucht und auf die andere Seite des Ganges geschwommen. Nach allem, was er sehen konnte, hatten Amril und Ven sich nicht bewegt.

»Sie sind hier«, sagte er und deutete auf die betreffende Stelle. »Versuchen wir, sie von dieser Seite herauszuholen.«

T'Varien und Yoshi nickten. Sie traten neben ihn, gingen in die Hocke und schoben die Finger unter den Rand der Vertäfelung. Amray kauerte neben ihm und hielt sich bereit.

»Eins, zwei, drei«, zählte Geordi. Sie legten sich ins Zeug. Geordi hatte den Eindruck, die Platte durch zähen Sirup heben zu müssen. Er biß die Zähne zusammen und verdoppelte seine Anstrengung. Die

Muskeln in seinen Oberschenkeln protestierten. Langsam bewegte sich die Platte. Zehn Zentimeter, zwanzig, dreißig. Sie kam Geordi viel schwerer vor, als sie eigentlich sein konnte.

Schließlich gelang es Amray, sich in die Öffnung zu zwängen. Sie schlängelte sich auf dem Bauch vor. Ven lag ihr am nächsten. Amray ergriff seinen Arm, kroch zurück und zerrte ihn mit sich.

Ven war bewußtlos. Als Amray ihn losließ, trieb er wie ein nasser Sack an die Oberfläche. Selbst aus dieser Entfernung sah Geordi die gelben Warnlichter an seinem Atemgerät. Seine Batterien waren auch fast erschöpft.

»Wir beeilen uns lieber«, sagte er zu den anderen. Er klang atemlos. Bildete er es sich nur ein, oder bekam er allmählich keine Luft mehr?

Yoshi bückte sich und schob die Schulter unter die Kante der Vertäfelung. Als Geordi sah, daß er auf diese Weise eine viel bessere Hebelwirkung erzielte, tat er es ihm gleich. Auch T'Varien nahm diese Haltung ein.

»Jetzt!« sagte Yoshi. Alle drei richteten sich auf. Geordi spürte, daß seine Stiefel den Halt zu verlieren drohten, machte aber weiter. Die Vertäfelung hob sich um weitere fünfzehn Zentimeter.

Amray kroch zwischen ihnen hindurch. Der zusätzliche Abstand genügte, um Amril zu befreien, und Amray zog ihre Klonschwester heraus. Amril war zittrig, doch mit Amrays Hilfe gelang es ihr, sich aufzurichten.

Nachdem die Klone ein Stück zurückgewichen waren, streckte Geordi die Arme aus und trat zurück. T'Varien und Yoshi folgten seinem Beispiel und hielten die Vertäfelung auf Armeslänge von sich entfernt. Sie sahen sich an, und Geordi nickte.

»Bei drei«, sagte er. »Eins, zwei, drei.«

Sie ließen die Platte los. Sie stürzte ins Wasser und erzeugte eine Welle, die Geordi fast von den Beinen gerissen hätte. *Nicht, daß dazu viel nötig wäre,* dachte er. Er stand sowieso kurz vor dem Zusammenbruch.

»Gehen wir weiter«, sagte er. Er und Yoshi ergriffen Ven bei den Armen und zerrten den bewußtlosen Andorianer durch das Wasser. Nach einem besorgten Blick auf ihre Schwester ging Amray zu T'Varien und half ihr, Leilani zu tragen. Amril folgte Amray auf dem Fuße; ihre Bewegungen waren langsam und unsicher. Geordi fragte sich, ob sie von der einstürzenden Wand verletzt worden war, konnte jedoch keine äußeren Wunden feststellen.

Lissa legte den Arm um Todds Hüfte und stützte den Jungen. Er schien seine Umgebung nicht mehr wahrzunehmen. Geordi vermutete, daß er aufgrund seiner Verletzung einen Schock erlitten hatte, doch bevor sie das Shuttle erreicht hatten, konnten sie nichts für ihn tun.

Die zehn Meter bis zum Verbindungsgang waren die längsten, die Geordi je zurückgelegt hatte. Niemand sagte etwas. Sie alle waren zu müde und unterkühlt, um ihre Kräfte verschwenden zu können. Ihr einziger Gedanke war, sich in Sicherheit zu bringen.

Als sie das Druckschott erreichten, wurde er ganz benommen vor Erleichterung. Nach all der Übung, die er bekommen hatte, brauchte er nur eine Minute, um die Kontrollen der Tür auszuschalten. Das Schott glitt auf und enthüllte den trockenen Gang, der zu ihrem Shuttle führte.

Das Wasser strömte durch die Öffnung. Diesmal warteten die Kadetten nicht darauf, daß die Strömung schwächer wurde, sondern ließen sich von ihr treiben. Geordi hielt sich an der Tür fest, zog sich durch die Strömung und kauerte sich hinter dem Schott nieder. Die anderen taumelten durch die Öffnung.

Mit vor Kälte steifen Fingern tastete Geordi die Tür ab und riß die Verschalung der manuellen Kontrolle herunter. Sie mußten die Tür schließen, bevor das Wasser den Gang überflutete. Er drückte sich mit seinem ganzen Gewicht gegen den Hebel.

Das Wasser war wie eine lebende Naturgewalt, die sich den Weg durch die Öffnung bahnte. Langsam würgte die Tür die Flut ab. Yoshi stolperte zu Geordi und half ihm. Gemeinsam drückten sie die Tür zu.

Geordi ließ sich gegen die Wand fallen, beugte sich über den Hebel und rang nach Luft. Yoshi ließ ein müdes, glückliches Grinsen aufblitzen. Sie hatten das Schott noch rechtzeitig geschlossen. Das Wasser auf dem Gang stand nur ein paar Zentimeter hoch.

Nachdem er wieder zu Atem gekommen war, wollte Geordi sich erheben. Als er sein Gewicht von dem Hebel nahm, bewegte der sich nach oben. Die Tür glitt wieder auf, und Wasser strömte hindurch.

Yoshi sah stirnrunzelnd von der Tür zum Hebel. Die Wände des Gangs waren kahl, und ein Werkzeugschrank oder Regale waren nicht zu sehen. Achselzuckend stolperte Yoshi zu Ven hinüber. Er zog dem Andorianer einen Stiefel aus, kam damit zurück und klemmte ihn hinter den Hebel.

Langsam ließ Geordi los. Der Hebel drückte gegen den Stiefel und preßte das Material zusammen. Einen Augenblick lang hatte Geordi Angst, es würde nicht funktionieren. Der Hebel zwängte den Stiefel zusammen, bis er das harte Material der Sohle berührte. Geordi stieß einen erleichterten Seufzer aus. Die Tür würde nun geschlossen bleiben. Sie konnten durch einen schönen, trockenen Korridor zu ihrem Shuttle gehen.

Die vierzehn Meter vom Schott bis zum Shuttle kamen ihm eher wie vier vor. Geordi war so erleichtert, ihr Schiff zu sehen, daß die Entfernung zusammenschmolz, obwohl er Yoshi dabei half, Ven zu tragen. Sie erreichten das Shuttle, öffneten das Schott und stolperten hinein.

Geordi ließ Ven zu Boden sinken, zog die Atemmaske vom Kopf und lief nach vorn. Das Wasser, das er durch das vordere Bullauge sah, war schwarz. Nachdem er das Triebwerk angeworfen hatte, würde er die Suchscheinwerfer einschalten und sich die Station ansehen. Er glitt auf den Pilotensitz, schloß das Schott des Shuttles und stellte die Heizung auf die höchste Stufe. Er wußte nicht, wie warm es werden würde, doch im Augenblick klang die Mittagszeit im Hochsommer in Vulkans Schmiede genau richtig. Als die Wärme sich im Shuttle ausbreitete, lehnte er sich im Sessel zurück und ergab sich seiner Erschöpfung. Wenn sein Gehirn aufgetaut war, würde er entscheiden, was er tun würde.

Ihm wurde trotz seiner nassen Kleidung allmählich wieder angenehm warm, als jemand eine Hand auf seine Schulter legte. »Wir haben hinten ein paar Handtücher gefunden.« Lissa gab ihm eins. »Leider ist keine Ersatzkleidung an Bord, doch T'Varien glaubt, aus den Notrationen eine heiße Suppe zubereiten zu können.«

»Danke.« Geordi richtete sich auf; plötzlich fühlte er sich viel besser. Sich abtrocknen und etwas zu essen zu bekommen – das war genau das, was er brauchte. Er machte sich mit dem Handtuch an die Arbeit und wrang das Wasser aus seiner Uniform. Es war erstaunlich, um wie vieles besser er sich schon fühlte. Bei der auf die Höchststufe eingestellte Heizung würde es nicht lange dauern, bis seine Uniform wieder trocken war.

Die Klone durchsuchten die Vorratsfächer und trugen die anderen Vorräte zusammen. Geordi nahm zwei der Schokoriegel, die sie ihm anboten, und biß von ihnen ab, während er die Systeme des Shuttles überprüfte.

Hinter ihm trockneten sich auch die anderen ab. Lissa hatte sich zur Krankenschwester ernannt und legte einen Notverband um Todds Schulter. Leilani und Ven, beide kaum bei Bewußtsein, hatte sie in Decken aus einem Schrankfach gehüllt. *Die ganze Crew braucht einen längeren Aufenthalt auf der Krankenstation,* dachte Geordi.

Er aktivierte die Systeme des Shuttles und bereitete den Start vor. Hätte er nicht befürchten müssen, daß das Erdbeben das Schiff beschädigt hatte, hätte er auf die Routinechecks verzichtet. Der Computer bewertete wahrscheinlich noch immer ihre Leistungen als Pilot, aber das war ihm egal. Im Augenblick war eine schnelle Flucht wichtiger als die beste Note; also brachte er die Systemchecks in Rekordzeit hinter sich.

»Alles anschnallen«, rief er über die Schulter zurück, froh, daß sie startbereit waren.

»Alles angeschnallt«, kam die Antwort von einem halben Dutzend sich überlappender Stimmen.

Geordi drückte sich im Geiste die Daumen und löste die Greiferzangen. Er wartete auf das beruhigende Geräusch, mit dem die Klammern sich von der Luftschleuse trennten, doch es blieb aus. Geordi wiederholte den Befehl, aber noch immer passierte nichts.

Er starrte auf die Instrumente und fragte sich, was er nun tun sollte. Die Sensoren behaupteten, die Klammern hätten sich gelöst. Es gab noch eine andere Möglichkeit, aber die wollte er gar nicht erst in Betracht ziehen.

Vorsichtig aktivierte er die Steuerbord-Manöverdüsen. Das Shuttle bewegte sich nicht. Geordi erhöhte den Schub, doch sie blieben, wo sie waren. Das Shuttle war noch immer mit der Station verbunden. Geordi schaltete die Manöverdüsen wieder aus. Sie würden die Greiferzangen außerhalb des Schiffes manuell lösen müssen.

Bevor er den Sicherheitsgurt öffnen konnte, begann das Shuttle zu zittern. *Nicht noch ein Erdbeben,* dachte er. Das Shuttle schaukelte hin und her, wie ein kurzer Stummelschwanz, der am Leib der Station befestigt war. Die Werte auf dem Tiefenmesser des Shuttles veränderten sich und zeigten an, daß sie verhältnismäßig schnell sanken. Neptuns Spind war zwar noch immer auf dem Felsen verankert, aber er trudelte dem Meeresboden entgegen.

11

»Was ist los?« fragte Lissa. Hinter ihnen baute sich ein leises Grollen auf, das wie das Brummen des Antriebs eines Lastenshuttles klang.

»Ein Erdrutsch.« Geordi mußte schreien. »Und wir machen die Fahrt mit.« Das Aquashuttle prallte hin und her und drückte Geordi in seine Sicherheitsgurte. Die Scheinwerfer des Shuttles zogen trunkene Lichtbögen durch das Wasser und zeigten ihm zuerst ein verschwommenes Durcheinander von Gestein und aufgewühlter Erde und dann eine leere Ausdehnung kalten Wassers.

»Was schlägt ehrenwerter Geordi vor?« fragte Yoshi. »Hat die Oberflächenstation Rettungsmannschaften losgeschickt?«

»Keine Ahnung.« Geordi griff nach dem Knopf, mit dem man die Funkanlage aktivierte. Er benötigte drei Versuche, um ihn zu treffen. Leeres Rauschen antwortete ihm, das gelegentlich von dem Knistern der Interferenzen der automatischen Datenübertragung der Station unterbrochen wurde. Sie waren auf sich gestellt.

Unter ihnen erklang ein lauter Knall. Das Shuttle fiel scharf ab, prallte dann zurück und zog einen Halbkreis durch das Wasser. Ein großes Bruchstück eines Schotts trudelte an ihnen vorbei und sank, sich unablässig überschlagend, in die Dunkelheit. Sie schlugen hart auf, rutschten zur Seite und prallten erneut ab. Die Hülle des Shuttles protestierte knirschend gegen den

Mißbrauch. Steine und Trümmer schlugen gegen das Fahrzeug und erzeugten einen ohrenbetäubenden Lärm.

Geordi legte die Hände auf die Sitzlehnen und hielt sich fest, während das Shuttle auf den Meeresboden knallte und vier weitere Male zurückprallte. Wieviel würde das kleine Schiff aushalten? Es war hervorragend konstruiert und stabil gebaut, doch er hatte keine Ahnung, ob es auch für eine solche Belastung geschaffen war.

»Sobald wir uns nicht mehr bewegen, gehe ich hinaus.« Er wischte seine Hände nacheinander an den Hosenbeinen ab. *Du hast jetzt keine Zeit, um das große Zittern zu kriegen!* sagte er sich. »Die Greiferzangen öffnen sich nicht.«

»Das ist ein gefährliches Unterfangen«, erwiderte Yoshi. Das Shuttle rutschte zur Seite und warf sie in ihre Gurte. Yoshi rang nach Atem. »Ich werde dich begleiten. Vielleicht läßt die Aufgabe sich mit mehr Muskelkraft schneller erledigen.«

»Danke, Yoshi.« Es überraschte Geordi, daß er sich nach Yoshis Angebot schon wesentlich besser fühlte. Alles mögliche konnte schiefgehen, nachdem er die Sicherheit des Schiffes verlassen hatte.

»Ich werde ebenfalls mitkommen«, sagte T'Varien. »Das Shuttle ist mit drei Taucheranzügen ausgestattet. Die Logik verlangt, daß wir alle verfügbaren Hilfsmittel einsetzen, um uns zu befreien.«

Geordi schaute aus dem Fenster. Weitere Trümmer taumelten an ihnen vorbei, doch das Shuttle schien sich nun langsamer zu bewegen. Er warf einen Blick auf den Geschwindigkeitsmesser und sah seine Vermutung bestätigt. »Wir werden langsamer. Ziehen wir uns um, damit wir bereit sind, sobald das Schiff zur Ruhe kommt.«

T'Varien teilte die Anzüge aus. Geordi rollte den seinen auf und bewunderte dabei das leichte, wasserdichte Material, das darüber hinaus noch druckresistent war. Der Anzug verfügte sogar über selbstversiegelnde Stiefel und Handschuhe. Das leuchtend gelbe, reflektierende Gewebe war selbst bei spärlichem Licht leicht auszumachen. Geordi lächelte. Er hätte es fast genossen, das Shuttle in diesem Anzug zu verlassen. Wäre nur ihr Lage nicht so gefährlich…

Es war nicht einfach, in den Anzug zu schlüpfen. Er wollte den Sicherheitsgurt nicht lösen, und so mußte er sich auf seinem Sitz drehen und winden, um die Arme in die Ärmel zu bekommen. Die ständigen Bewegungen des Shuttles vereinfachten die Sache nicht gerade. Obwohl sie weiter langsamer wurden, erfolgte jeder Aufprall zur falschen Zeit. Geordi war überzeugt, schon überall blaue Flecken zu haben, so oft war er gegen den Sicherheitsgurt und die Seite des Kontrollpults geworfen worden.

Er schaute aus dem Fenster, erstarrte und ballte die Hände zu Fäusten. In der Dunkelheit wurden zwei Felstürme undeutlich sichtbar, fünfundzwanzig oder dreißig Meter hoch und genauso viele Meter weit voneinander entfernt. Das Shuttle – und die Station – hielten geradewegs auf sie zu. »Alle Mann festhalten!« rief er. »Wir machen eine Bruchlandung!«

Geordi beugte sich vor, zog den Kopf ein und legte die Arme schützend über den Nacken. Das Shuttle neigte sich auf die Seite, und er wurde gegen den Sicherheitsgurt geschleudert. Dann erklang ein entsetzliches Kreischen des protestierenden Metalls und ein ohrenbetäubendes Knirschen, und er wurde kräftig durchgeschüttelt.

Der Aufprall ließ die Hülle des Shuttles vibrieren. Als Geordi merkte, daß sie sich nicht mehr bewegten, hob er den Kopf. Hinter ihm hörte er die Geräusche der anderen Kadetten, die verwirrt durcheinandersprachen. »Ist alles in Ordnung?« rief er.

Die Antworten kamen ein wenig abgehackt und zittrig, doch niemand war verletzt. »Was ist passiert, ehrenwerter Geordi?« fragte Yoshi.

»Wir sind gegen Felsen geprallt.« Geordi schaute aus dem Fenster, sah aber nur leeres Wasser. »Ich kann von hier aus nichts erkennen, aber wir haben auf zwei häßlich aussehende Felstürme zugehalten.«

»Es wäre logisch, unsere Mission mit größter Schnelligkeit auszuführen«, sagte T'Varien. Sie zog beim Sprechen die Stiefel an.

»Gute Idee.« Geordi löste den Sicherheitsgurt und schlüpfte in die Stiefel. Als er nach hinten ging, stellte er überrascht fest, daß seine Beine heftig zitterten. Nach all den starken Erschütterungen hatte sein Körper sich noch nicht wieder daran gewöhnt, nun wieder auf festem Boden zu stehen.

T'Varien und Yoshi hatten die Taucheranzüge bereits angelegt und warteten auf ihn. Yoshi gab Geordi ein Brecheisen, einen Mehrzweckgürtel mit einem Atemgerät und einen Helm.

»Das Shuttle verfügt über drei Geiferpaare«, sagte T'Varien. »Der aussichtsreichste Plan wäre, daß jeder von uns sich eins vornimmt.«

»Einverstanden.« Geordi legte den Mehrzweckgürtel an, setzte den Helm auf und verband ihn mit dem Atemgerät. Als er die Brechstange ergriff, fühlte er sich imstande, es mit allen Schwierigkeiten aufzunehmen.

T'Varien entfernte die Notluke. Die kleine runde Öffnung wurde von einem Energiefeld geschützt, das das Wasser außerhalb des Shuttles hielt, aber von Tauchern durchdrungen werden konnte. Geordi trat durch die Öffnung. T'Varien und Yoshi folgten ihm.

Geordi befestigte seine Sicherheitsleine an einer Ankerplatte. Ohne auf die anderen zu warten, bewegte er sich aufwärts und über das Shuttle. Er hatte sich entschlossen, die am weitesten entfernten Greifer zu lösen.

Es war wesentlich angenehmer, in dem Taucheranzug zu schwimmen, als in einer Uniform durch die Station zu waten. Der Taucheranzug bewahrte seine Körperwärme. Selbst in dieser Tiefe konnte er damit mehrere Stunden lang schwimmen, bevor er gefährlich auskühlte. Hätten sie sich nicht in einer so gefährlichen Lage befunden, hätte es ihm sogar Spaß gemacht, in der Tiefsee zu schwimmen. Nach dem Lärm und der Aufregung der letzten Stunden war es außerhalb des Schiffes still und friedlich.

Als er sich über dem Shuttle befand, konnte er zum erstenmal ihre Umgebung betrachten. Die Station klemmte zwischen zwei großen Felsspitzen, die Geordi an die schwarzen Schornsteine erinnerten, die er mit dem Roboter erkundet hatte. Reines Glück hatte dafür gesorgt, daß das Shuttle zwischen den Türmen hing, über einer steilen Klippe, die in der Dunkelheit verschwand. Der letzte seitliche Ruck hatte verhindert, daß sie gegen die Felstürme geprallt waren.

Geordi atmete nervös ein. Die Position der Station kam ihm nicht besonders stabil vor. Er dachte daran, wie hart der Aufprall gewesen war, und fragte sich, wie lange es dauern mochte, bis das Gewicht der Station die Felsnadeln zusammenbrechen lassen würde. Wenn sie dann über den Rand rutschte, würde die Station auf dem Shuttle zu liegen kommen und es zerquetschen.

Er sah zur Station und erschauerte. Große Lücken in der Struktur der Kuppel zeigten an, wo Teile der Hülle losgerissen worden waren. Balken, Metallplatten und zahlreiche Ausrüstungsgegenstände übersäten den Meeresboden. Er sah zwei Notschleusen, beide ohne ihre Rettungskapseln. Geordi hoffte, daß einige Wissenschaftler in ihnen aus der Station entkommen waren.

»Ende der Besichtigungstour«, murmelte er und stieß sich von der Hülle ab. Als er die Luftschleuse erreichte, griff er nach der Greiferzange und hielt sich daran fest. Die beiden großen Metallklammern waren noch immer fest um die Andockringe des Shuttles geschlossen. Abgesehen davon, daß sie sich eigentlich geöffnet haben sollten, schienen die Klammern unbeschädigt zu sein.

Geordi zog die wasserdichte Taschenlampe aus seinem Gürtel und ließ den Lichtstrahl über die Klammer gleiten. Zuerst kam ihm alles ganz normal vor. Dann untersuchte er die Klauen sorgfältiger, und endlich fand er das Problem. Die Klammern der Greifer hatten sich so sehr verzogen, daß sie sich nicht mehr automatisch öffnen ließen.

Er schob die Brechstange zwischen die Krallen und stützte die Füße auf dem Shuttle ab. Zu seiner Überraschung bewegten die Klammern sich schon bei seinem ersten Versuch um ein paar Zentimeter. Ermutigt machte er weiter.

Er stemmte fünf Minuten lang mit aller Kraft und hielt dann inne, um wieder zu Atem zu kommen. Die Klammern waren dazu vorgesehen, Schiffe von der doppelten Größe des Aquashuttles zu halten, und waren fast so groß wie Geordi selbst. Doch der Großteil ihrer Haltekraft wurde von den Magnetfeldern erzeugt, und die hatte er ja deaktiviert. Es war ein sehr starker Aufprall nötig gewesen, um die Klammern dermaßen zu verziehen.

Schließlich öffnete sich die Haltevorrichtung mit einem Kreischen, das in Geordis Zähnen schmerzte. Er zog die Krallen von den Ringen zurück. *Mal sehen, wie weit die anderen sind,* dachte er.

T'Varien schob gerade die Klammern ihrer Greiferzange von den Androckringen zurück, als Geordi neben ihr aufsetzte. Ein Zittern durchlief die Metalloberfläche unter seinen Stiefeln.

»Was war das?« Beide bildeten die Worte gleichzeitig mit den Lippen. Ein Wasserschwall stieß gegen Geordis Schulter.

Reißt die Station sich los? fragte er sich. Er schaute T'Varien an und begriff, daß sie dasselbe dachte. Sie stießen sich ab und schwammen um die Luftschleuse zu Yoshi.

Die dritte Klammer war so stark verbogen, daß eine Person allein sie nicht bewegen konnte. Während Geordi und T'Varien die ihren geöffnet hatten, war es Yoshi gerade mal gelungen, sein Brecheisen zwischen die Krallen der Haltevorrichtung zu schieben.

Geordi und T'Varien suchten neben ihm Halt. Obwohl Geordi sich mit aller Kraft bemühte, gelang es ihm nicht, seine Brechstange in die Öffnung zu schieben. T'Varien zwängte die ihre in den schmalen Spalt und drückte mit ihrer gesamten vulkanischen Kraft dagegen. Der Zwischenraum wurde breiter, und sie rammte ihre Stange tiefer in die Lücke.

Geordi schob sein Brecheisen neben das T'Variens und zwang es hinab. Yoshi lehnte sich gegen seine Brechstange und zog. Selbst mit gemeinsamen Kräften ging die Arbeit nur langsam voran. Zentimeter um Zentimeter lösten die Klammern sich voneinander.

Ein weiteres, noch stärkeres Zittern durchlief das Shuttle. Panik breitete sich in Geordi aus. Sie würden es nicht mehr rechtzeitig schaffen!

Die Verzweiflung verlieh ihm neue Kräfte. Er warf sein gesamtes Gewicht gegen die Brechstange. Die Belohnung war ein Kreischen von Metall gegen Metall. Die Klammern öffneten sich und gaben den Andockring frei.

Yoshi stieß sich ab und schoß wie ein gelber Delphin zur Schleuse. T'Varien war langsamer und bei weitem nicht so anmutig. Geordi folgte als letzter und ließ ihnen Zeit, das Energiefeld zu durchdringen.

Als er das Shuttle halb umschwommen hatte, erfaßte ihn eine Druckwelle. Bevor er seinen Schwung zurückgewann, traf ihn ein weiterer Stoß. Wie in Zeitlupe kippte eine der beiden Felsnadeln um und verschwand. Hinter ihm rutschte die Station näher zum Abgrund.

Geordi aktivierte seine Gürtelwinde. Sie zog seine Sicherheitsleine ein und zerrte ihn durch das Wasser. Er streckte die Hände aus, um den Wasserwiderstand so gering wie möglich zu halten. Die Station würde jeden Augenblick in den Abgrund stürzen. Ihnen blieb nur noch wenig Zeit, das Shuttle zu befreien.

Als er die Notschleuse erreichte, wartete T'Varien

schon auf ihn. Sie zerrte ihn durch die Öffnung. Geordi lief zum Cockpit, während Yoshi die Luke schloß.

Ein weiteres Zittern durchlief das Shuttle. Geordi warf sich in den Pilotensitz und aktivierte das Triebwerk. Diesmal stießen die Manöverdüsen sie von der Station fort.

Heftige Strömungen warfen das Shuttle hin und her. Geordi versuchte zu verhindern, daß die unvorhersehbaren Wasserbewegungen sie auf den Meeresboden drückten. Auf dem Bildschirm rutschte die Station zum Rand des Abgrunds, schwebte dort einen Augenblick lang und kippte dann hinab. Sie überschlug sich einmal, wurde schneller und glitt aus dem Sichtbereich.

Weitere Druckwellen rüttelten das Shuttle durch. Geordi gelang es, das Schiff auf Kurs zu halten, bis das Wasser ruhiger wurde. Dann zog er das Shuttle endlich hoch, der Oberfläche entgegen.

Er schaltete den Autopiloten ein und trug ihm auf, ihn sofort zu warnen, sollte er etwas Ungewöhnliches entdecken. Nachdem er ihren Kurs bestätigt hatte, ging er nach achtern, um den Taucheranzug abzulegen und etwas heiße Suppe zu essen.

12

Die Fahrt an die Oberfläche dauerte mehrere Stunden. Während sie höher stiegen, reduzierte der Computer langsam den Kabinendruck und veränderte die Atemluft, bis sie wieder der Zusammensetzung an der Oberfläche entsprach. Nach all ihren Abenteuern konnten sie darauf verzichten, daß ihnen schlecht wurde, weil sie zu schnell aufstiegen.

Die meiste Zeit über döste Geordi im Pilotensitz. Der Autopilot funktionierte zwar reibungslos, doch der Kadett hatte Angst, daß etwas schiefgehen könnte. Während der ersten Stunde funkte er mehrmals die Oberflächenstation an, doch die einzige Antwort war statisches Rauschen. Schließlich gab er auf. Entweder blockierte irgend etwas die Signale, oder die Kommunikationsanlagen der Station waren ausgefallen.

Das Shuttle erreichte die Meeresoberfläche um Mitternacht örtlicher Zeit. Geordi schaute über das von Mondschein erhellte Wasser und war noch nie so froh gewesen, etwas zu sehen. Dann erhaschte er den ersten Blick auf Isla del Fuego. Er tippte auf sein VISOR und überprüfte es, mußte jedoch feststellen, daß er korrekte Signale empfing.

»Das gibt's doch nicht!« Lissa schwang sich auf den Sitz des Kopiloten und schaute aus dem Bugfenster.

Isla del Fuego machte ihrem Namen alle Ehre. Der Vulkan war ausgebrochen, und Ströme roter Lava schlängelten sich seine Flanken hinab. Dort, wo das geschmolzene Gestein das Meer berührte, quollen dichte Dampfwolken empor. Das helle Mondlicht färbte sie perlmuttweiß und silbern.

Geordi versuchte erneut, die Oberflächenstation zu erreichen. Wie erwartet bekam er keine Antwort. Die Station war entweder evakuiert oder von der Lava zerstört worden. Er schaltete auf die allgemeine Starfleet-Frequenz um und versuchte, die Akademie zu erreichen. Zu seiner Überraschung antwortete Lieutenant Muldov.

»Es wird auch Zeit, daß Sie sich melden, Kadett La-Forge. Schließen Sie Ihren Auftrag ab und kehren Sie dann sofort zur Basis zurück. Muldov Ende.«

»Was hat denn das zu bedeuten?« fragte Lissa. Verwirrt runzelte sie die Stirn.

»Keine Ahnung.« Geordi war ebenso entgeistert wie Lissa. Ihr Auftrag hatte keine Instruktionen enthalten, die diese Möglichkeit in Betracht zogen. Er vermutete, daß Lieutenant Muldov damit meinte, sie sollten vor ihrer Rückkehr so viele Daten wie möglich sammeln.

Ihre Stimmen weckten die anderen. Die Kadetten drängten sich um die Fenster. Geordi flog das Shuttle näher heran, damit sie besser sehen und die Szene mit ihren Scannern aufzeichnen konnten. Er wagte sich aber nicht *zu* nah heran. Nach all ihren Abenteuern würde er nicht riskieren, daß dem Shuttle irgend etwas zustieß.

»Anscheinend haben die heftigen Erdbeben eine gewaltige Eruption ausgelöst«, sagte T'Varien. »Es ist ein überaus spektakulärer Anblick.«

»Das kannst du laut sagen.« Geordi grinste. Den Vulkanausbruch beobachten zu können, ließ sie den Rest ihrer Reise *fast* vergessen.

»Eines Tages werden wir vielleicht genug wissen, um genau vorhersagen zu können, wann es zu solchen Ausbrüchen kommen wird.« T'Varien hielt inne. »Die Indizien, die vielleicht auf diese Eruption hinwiesen, haben zu viele Interpretationsmöglichkeiten offengelassen. Leilani hat gesagt, sogar die Wissenschaftler der Station wären bei diesem Punkt geteilter Meinung gewesen.«

»Wirklich?« Es war schön zu wissen, daß die Experten auch nicht alle Antworten kannten, wenngleich er sich wünschte, sie hätten diesmal mit ihren Vorhersagen besser gelegen. »Na ja, immerhin können wir davon ausgehen, daß für uns noch etwas Arbeit übrig bleibt, nachdem wir unseren Abschluß gemacht haben.«

Schließlich hatten alle genug gesehen. Geordi war nicht der Ansicht, daß noch etwas großartig Neues geschehen würde, und befahl dem Shuttle, sie zur Akademie zurückzubringen. Er war so müde, daß er kaum die Kontrollen fand, und nur der Gedanke an sein eigenes Bett hielt ihn aufrecht.

Er hatte gehofft, sie könnten sich unbemerkt hineinschleichen, aber dazu kam es nicht. Die Hälfte ihrer Ausbilder erwartete sie zu einer Einsatzbesprechung. Er beneidete Ven, Todd, Amril und Leilani. Der Arzt hatte sie sofort auf die Krankenstation verlegt, womit es den anderen oblag, alle Fragen zu beantworten.

Es dämmerte schon, als die Einsatzbesprechung beendet war. »Kadetten, Sie haben sich sehr gut geschlagen«, sagte Lieutenant Muldov. »Ihre Bemühungen, die Datenchips der unteren Station zu bergen, werden Ihnen eine Empfehlung einbringen. Nachdem die obere Station von Lava begraben wurde, wird es eine Zeitlang dauern, bis wir an die Daten in ihren Computern herankommen werden.

Ihre Gruppe bekommt einen zusätzlichen Tag frei, damit Sie die Berichte über diesen Einsatz verfassen können. Wegtreten.«

Die fünf Kadetten gingen zu ihren Quartieren. Geordi war sehr mit sich zufrieden. Er und seine Gefährten waren ohne dauerhafte Verletzungen aus Neptuns Spind herausgekommen. Sie hatten großes Glück gehabt.

Alle Bewohner der Isla del Fuego waren rechtzeitig evakuiert worden, aber sieben der Wissenschaftler, die in der Unterseekuppel gearbeitet hatten, hatten es nicht mehr rechtzeitig zu den Rettungskapseln geschafft. Die Starfleet-Kadetten hätten, da sie den Grundriß der Station nicht kannten, leicht zu weiteren Opfern werden können.

Geordi berührte seine Gürteltasche. Cris Hall hatte ihm eine kurze Nachricht geschickt, in der sie ihn beglückwünschte, unverletzt aus Neptuns Spind entkommen zu sein. Er war sehr erleichtert gewesen, als er erfahren hatte, daß sie noch lebte.

Der Weg zu ihren Quartieren führte an der Kran-

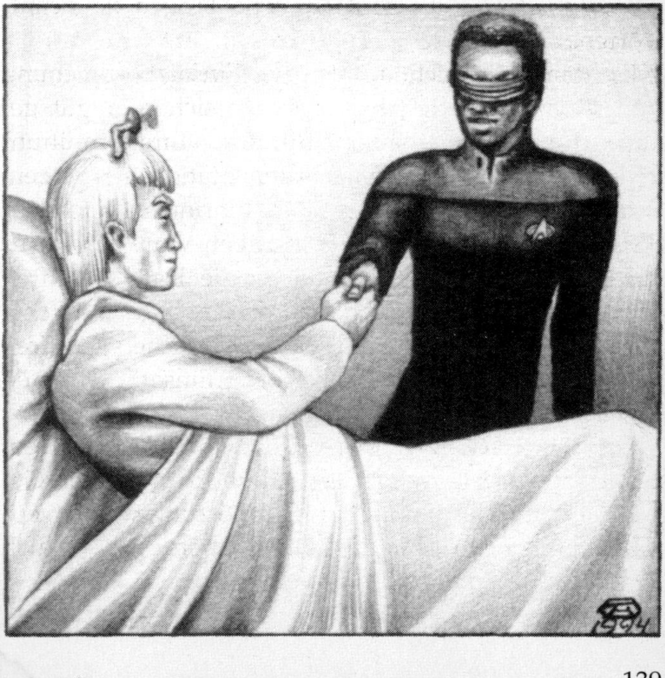

kenstation vorbei. »Ich will sehen, wie es meiner Schwester geht«, sagte Amray.

Die Gruppe entschloß sich, sie zu begleiten. Todd und Leilani schliefen, aber Ven war wach und bat, mit Geordi sprechen zu dürfen.

»Ich bin zu einer Entschuldigung verpflichtet, Geordi«, sagte der Andorianer. »Meine Welt ist sehr rauh, und nur die Stärksten überleben. Jeder, der mit einer Behinderung geboren wird, wird bei der Geburt eingeschläfert, da er in unserer Gesellschaft nicht mithalten könnte.«

»Ach ja?« Geordi scharrte mit dem großen Zeh über den Boden; ihm war nicht ganz klar, was Ven damit sagen wollte. Falls die anderen Kadetten es verstanden, verrieten sie es ihm jedenfalls nicht.

Ven schien peinlich berührt zu sein, als wäre ihm die Entschuldigung nicht leicht gefallen. »Ich will damit sagen, ich bin dir dankbar, daß du mein Leben gerettet hast. Ich werde mich in Zukunft daran erinnern, wenn ich versucht bin, andere nach den Gebräuchen meines Planeten zu beurteilen.«

Ein Grinsen legte sich auf Geordis Gesicht. Die anderen Menschen reagierten ähnlich, und sogar T'Variens Miene zeigte einen Hauch von Wärme. Geordi reichte dem Andorianer die Hand. »Vielleicht können wir einander mehr über unsere Völker beibringen.«

»Das würde mir sehr gefallen.« Ven ergriff Geordis Hand. Die beiden Kadetten, die von völlig unterschiedlichen Welten stammten, lächelten sich über eine Kluft hinweg an, die nicht mehr so breit war wie noch einen Tag zuvor.

STAR TREK™

in der Reihe
HEYNE SCIENCE FICTION & FANTASY

STAR TREK: CLASSIC SERIE

Vonda N. McIntyre, Star Trek II: Der Zorn des Khan · 06/3971
Vonda N. McIntyre, Der Entropie-Effekt · 06/3988
Robert E. Vardeman, Das Klingonen-Gambit · 06/4035
Lee Correy, Hort des Lebens · 06/4083
Vonda N. McIntyre, Star Trek III: Auf der Suche nach Mr. Spock · 06/4181
S. M. Murdock, Das Netz der Romulaner · 06/4209
Sonni Cooper, Schwarzes Feuer · 06/4270
Robert E. Vardeman, Meuterei auf der Enterprise · 06/4285
Howard Weinstein, Die Macht der Krone · 06/4342
Sondra Marshak & Myrna Culbreath, Das Prometheus-Projekt · 06/4379
Sondra Marshak & Myrna Culbreath, Tödliches Dreieck · 06/4411
A. C. Crispin, Sohn der Vergangenheit · 06/4431
Diane Duane, Der verwundete Himmel · 06/4458
David Dvorkin, Die Trellisane-Konfrontation · 06/4474
Vonda N. McIntyre, Star Trek IV: Zurück in die Gegenwart · 06/4486
Greg Bear, Corona · 06/4499
John M. Ford, Der letzte Schachzug · 06/4528
Diane Duane, Der Feind – mein Verbündeter · 06/4535
Melinda Snodgrass, Die Tränen der Sänger · 06/4551
Jean Lorrah, Mord an der Vulkan Akademie · 06/4568
Janet Kagan, Uhuras Lied · 06/4605
Laurence Yep, Herr der Schatten · 06/4627
Barbara Hambly, Ishmael · 06/4662
J. M. Dillard, Star Trek V: Am Rande des Universums · 06/4682
Della van Hise, Zeit zu töten · 06/4698
Margaret Wander Bonanno, Geiseln für den Frieden · 06/4724
Majliss Larson, Das Faustpfand der Klingonen · 06/4741
J. M. Dillard, Bewußtseinsschatten · 06/4762
Brad Ferguson, Krise auf Centaurus · 06/4776
Diane Carey, Das Schlachtschiff · 06/4804
J. M. Dillard, Dämonen · 06/4819
Diane Duane, Spocks Welt · 06/4830
Diane Carey, Der Verräter · 06/4848
Gene DeWeese, Zwischen den Fronten · 06/4862
J. M. Dillard, Die verlorenen Jahre · 06/4869

STAR TREK™

Howard Weinstein, Akkalla · 06/4879
Carmen Carter, McCoys Träume · 06/4898
Diane Duane & Peter Norwood, Die Romulaner · 06/4907
John M. Ford, Was kostet dieser Planet? · 06/4922
J. M. Dillard, Blutdurst · 06/4929
Gene Roddenberry, Star Trek (I): Der Film · 06/4942
J. M. Dillard, Star Trek VI: Das unentdeckte Land · 06/4943
David Dvorkin, Die Zeitfalle · 06/4996
Barbara Paul, Das Drei-Minuten-Universum · 06/5005
Judith & Garfield Reeves-Stevens, Das Zentralgehirn · 06/5015
Gene DeWeese, Nexus · 06/5019
D. C. Fontana, Vulkans Ruhm · 06/5043
Judith & Garfield Reeves-Stevens, Die erste Direktive · 06/5051
Michael Jan Friedman, Das Doppelgänger-Komplott · 06/5067
Judy Klass, Der Boacozwischenfall · 06/5086
Julia Ecklar, Kobayashi Maru · 06/5103
Peter Norwood, Angriff auf Dekkanar · 06/5147
Carolyn Clowes, Das Pandora-Prinzip · 06/5167
Diana Duane, Die Befehle des Doktors · 06/5247
V. E. Mitchell, Der unsichtbare Gegner · 06/5248
Dana Kramer-Rolls, Der Prüfstein ihrer Vergangenheit · 06/5273
Michael Jan Friedman, Schatten auf der Sonne · 06/5179
Barbara Hambly, Der Kampf ums nackte Überleben · 06/5334
Brad Ferguson, Eine Flagge voller Sterne · 06/5349
Gene DeWeese, Die Kolonie der Abtrünnigen · 06/5375
Michael Jan Friedman, Späte Rache · 06/5412
Peter David, Der Riß im Kontinuum · 06/5464
Michael Jan Friedman, Gesichter aus Feuer · 06/5465
Peter David/Michael Jan Friedman/Robert Greenberger, Die Enterbten 06/5466
L. A. Graf, Die Eisfalle · 06/5467

STAR TREK: THE NEXT GENERATION
David Gerrold, Mission Farpoint · 06/4589
Gene DeWeese, Die Friedenswächter · 06/4646
Carmen Carter, Die Kinder von Hamlin · 06/4685
Jean Lorrah, Überlebende · 06/4705
Peter David, Planet der Waffen · 06/4733
Diane Carey, Gespensterschiff · 06/4757
Howard Weinstein, Macht Hunger · 06/4771

STAR TREK™

John Vornholt, Masken · 06/4787
David & Daniel Dvorkin, Die Ehre des Captain · 06/4793
Michael Jan Friedman, Ein Ruf in die Dunkelheit · 06/4814
Peter David, Eine Hölle namens Paradies · 06/4837
Jean Lorrah, Metamorphose · 06/4856
Keith Sharee, Gullivers Flüchtlinge · 06/4889
Carmen Carter u. a., Planet des Untergangs · 06/4899
A. C. Crispin, Die Augen der Betrachter · 06/4914
Howard Weinstein, Im Exil · 06/4937
Michael Jan Friedman, Das verschwundene Juwel · 06/4958
John Vornholt, Kontamination · 06/4986
Mel Gilden, Baldwins Entdeckungen · 06/5024
Peter David, Vendetta · 06/5057
Peter David, Eine Lektion in Liebe · 06/5077
Howard Weinstein, Die Macht der Former · 06/5096
Michael Jan Friedman, Wieder vereint · 06/5142
T. L. Mancour, Spartacus · 06/5158
Bill McCay/Eloise Flood, Ketten der Gewalt · 06/5242
V. E. Mitchell, Die Jarada · 06/5279
John Vornholt, Kriegstrommeln · 06/5312
Laurell K. Hamilton, Nacht über Oriana · 06/5342
David Bischoff, Die Epidemie · 06/5356
Diane Carey, Abstieg · 06/5416
Michael Jan Friedman, Relikte · 06/5419
Michael Jan Friedman, Die Verurteilung · 06/5444
Simon Hawke, Die Beute der Romulaner · 06/5413
Rebecca Neason, Der Kronprinz · 06/5414 (in Vorb.)

STAR TREK: DIE ANFÄNGE
Vonda N. McIntyre, Die erste Mission · 06/4619
Margaret Wander Bonanno, Fremde vom Himmel · 06/4669
Diane Carey, Die letzte Grenze · 06/4714

STAR TREK: DEEP SPACE NINE
J. M. Dillard, Botschafter · 06/5115
Peter David, Die Belagerung · 06/5129
K. W. Jeter, Die Station der Cardassianer · 06/5130
Sandy Schofield, Das große Spiel · 06/5187
Lois Tilton, Verrat · 06/5323
Diane Carey, Die Suche · 06/5432

STAR TREK™

Esther Friesner, Kriegskind · 06/5430
Melissa Scott, Der Pirat · 06/5434 (in Vorb.)
Nathan Archer, Walhalla · 06/5512 (in Vorb.)

STAR TREK: STARFLEET KADETTEN
John Vornholt, Generationen · 06/6501
Peter David, Worfs erstes Abenteuer · 06/6502
Peter David, Mission auf Dantar · 06/6503
Peter David, Überleben · 06/6504
Brad Strickland, Das Sternengespenst · 06/6505
Brad Strickland, In den Wüsten von Bajor · 06/6506
John Peel, Freiheitskämpfer · 06/6507
Mel Gilden & Ted Pedersen, Das Schoßtierchen · 06/6508
John Vornholt, Erobert die Flagge! · 06/6509
V. E. Mitchell, Die Atlantis Station · 06/6510
Michael Jan Friedman, Die verschwundene Besatzung · 06/6511
Michael Jan Friedman, Das Echsenvolk · 06/6512

STAR TREK: VOYAGER
L. A. Graf, Der Beschützer · 06/5401
Peter David, Die Flucht · 06/5402
Nathan Archer, Ragnarök · 06/5403
Susan Wright, Verletzungen · 06/5404 (in Vorb.)
John Betancourt, Der Arbuk-Zwischenfall · 06/5405 (in Vorb.)

DAS STAR TREK-UNIVERSUM, 2 Bde.,
überarbeitete und aktualisierte Neuausgabe!
von *Ralph Sander* · 06/5150

DAS STAR TREK-UNIVERSUM, Ergänzungsband
von *Ralph Sander* · 06/5151

William Shatner/Chris Kreski, Star Trek Erinnerungen · 06/5188
William Shatner/Chris Kreski, Star Trek Erinnerungen: Die Filme · 06/5450

Phil Farrand, Cap'n Beckmessers Führer durch
STAR TREK – DIE NÄCHSTE GENERATION · 06/5199
Phil Farrand, Cap'n Beckmessers Führer durch
STAR TREK – DIE CLASSIC SERIE · 06/5451

Diese Liste ist eine Bibliographie erschienener Titel
KEIN VERZEICHNIS LIEFERBARER BÜCHER!